U0079011

專為韓語初學者設計，收錄大量的會話、相關例句
基礎文法、句型、單字一應俱全！

韓文字是由基本母音、基本子音、複合母音、氣音和硬音所構成。

其組合方式有以下幾種：

1.子音加母音，例如：저(我)
2.子音加母音加子音，例如：밤（夜晚）
3.子音加複合母音，例如：위（上）
4.子音加複合母音加子音，例如：관（官）
5.一個子音加母音加兩個子音，如：값（價錢）

簡易拼音使用方式：

1. 為了讓讀者更容易學習發音，本書特別使用「簡易拼音」來取代一般的羅馬拼音。
   規則如下，
   例如：
   그러면 우리 집에서 저녁을 먹자.
   geu.reo.myeon/u.ri/ji.be.seo/jeo.nyeo.geul/meok.jja
   ----------普遍拼音
   geu.ro*.myo*n/u.ri/ji.be.so*/jo*.nyo*.geul/mo*k.jja
   ------------簡易拼音
   那麼，我們在家裡吃晚餐吧！

   文字之間的空格以「/」做區隔。
   不同的句子之間以「//」做區隔。

基本母音：

Track 002

	韓國拼音	簡易拼音	注音符號
ㅏ	a	a	ㄚ
ㅑ	ya	ya	一ㄚ
ㅓ	eo	o*	ㄛ
ㅕ	yeo	yo*	一ㄛ
ㅗ	o	o	ㄡ
ㅛ	yo	yo	一ㄡ
ㅜ	u	u	ㄨ
ㅠ	yu	yu	一ㄨ
ㅡ	eu	eu	(ㄜ)
ㅣ	i	i	一

特別提示：

1. 韓語母音「ㅡ」的發音和「ㄜ」發音有差異，但嘴型要拉開，牙齒快要咬住的狀態，才發得準。
2. 韓語母音「ㅓ」的嘴型比「ㅗ」還要大，整個嘴巴要張開成「大O」的形狀，
「ㅗ」的嘴型則較小，整個嘴巴縮小到只有「小o」的嘴型，類似注音「ㄡ」。
3. 韓語母音「ㅕ」的嘴型比「ㅛ」還要大，整個嘴巴要張開成「大O」的形狀，
類似注音「一ㄛ」，「ㅛ」的嘴型則較小，整個嘴巴縮小到只有「小o」的嘴型，類似注音「一ㄡ」。

Track 003

基本子音：

	韓國拼音	簡易拼音	注音符號
ㄱ	g,k	k	ㄎ
ㄴ	n	n	ㄋ
ㄷ	d,t	d,t	ㄊ
ㄹ	r,l	l	ㄌ
ㅁ	m	m	ㄇ
ㅂ	b,p	p	ㄆ
ㅅ	s	s	ㄙ,(ㄒ)
ㅇ	ng	ng	不發音
ㅈ	j	j	ㄗ
ㅊ	ch	ch	ㄘ

特別提示：

1. 韓語子音「ㅅ」有時讀作「ㄙ」的音，有時則讀作「ㄒ」的音。「ㄒ」音是跟母音「ㅣ」搭在一塊時，才會出現。
2. 韓語子音「ㅇ」放在前面或上面不發音；放在下面則讀作「ng」的音，像是用鼻音發「嗯」的音。
3. 韓語子音「ㅈ」的發音和注音「ㄗ」類似，但是發音的時候更輕，氣更弱一些。

Track 004

氣音：

	韓國拼音	簡易拼音	注音符號
ㅋ	k	k	ㄎ
ㅌ	t	t	ㄊ
ㅍ	p	p	ㄆ
ㅎ	h	h	ㄏ

特別提示:

1. 韓語子音「ㅋ」比「ㄱ」的較重，有用到喉頭的音，音調類似國語的四聲。
   ㅋ＝ㄱ＋ㅎ
2. 韓語子音「ㅌ」比「ㄷ」的較重，有用到喉頭的音，音調類似國語的四聲。
   ㅌ＝ㄷ＋ㅎ
3. 韓語子音「ㅍ」比「ㅂ」的較重，有用到喉頭的音，音調類似國語的四聲。
   ㅍ＝ㅂ＋ㅎ

複合母音：

Track 005

	韓國拼音	簡易拼音	注音符號
ㅐ	ae	e*	ㄝ
ㅒ	yae	ye*	ㄧㄝ
ㅔ	e	e	ㄟ
ㅖ	ye	ye	ㄧㄟ
ㅘ	wa	wa	ㄨㄚ
ㅙ	wae	we*	ㄨㄝ
ㅚ	oe	we	ㄨㄟ
ㅞ	we	we	ㄨㄟ
ㅝ	wo	wo	ㄨㄛ
ㅟ	wi	wi	ㄨㄧ
ㅢ	ui	ui	ㄜㄧ

特別提示：

1. 韓語母音「ㅐ」比「ㅔ」的嘴型大，舌頭的位置比較下面，發音類似「ae」；「ㅔ」的嘴型較小，舌頭的位置在中間，發音類似「e」。不過一般韓國人讀這兩個發音都很像。
2 .韓語母音「ㅒ」比「ㅖ」的嘴型大，舌頭的位置比較下面，發音類似「yae」；「ㅖ」的嘴型較小，舌頭的位置在中間，發音類似「ye」。不過很多韓國人讀這兩個發音都很像。
3. 韓語母音「ㅚ」和「ㅞ」比「ㅙ」的嘴型小些，「ㅙ」的嘴型是圓的；「ㅚ」、「ㅞ」則是一樣的發音。不過很多韓國人讀這三個發音都很像，都是發類似「we」的音。

Track 006

硬音：

	韓國拼音	簡易拼音	注音符號
ㄲ	kk	g	ㄍ
ㄸ	tt	d	ㄉ
ㅃ	pp	b	ㄅ
ㅆ	ss	ss	ㄙ
ㅉ	jj	jj	ㄗ

特別提示：

1. 韓語子音「ㅆ」比「ㅅ」用喉嚨發重音，音調類似國語的四聲。
2. 韓語子音「ㅉ」比「ㅈ」用喉嚨發重音，音調類似國語的四聲。

*表示嘴型比較大

第一篇 基礎觀念篇

088 여기에 앉으십시오.
請坐這裡。

必備單字！飲品

091 신문을 봤습니까?
你看報紙了嗎？

必備單字！鞋類

必備單字！配件

094 오늘 회사에 안 가요.
今天不去上班。

必備單字！疾病

097 아침을 아직 먹지 않았어요.
我還沒吃早餐。

必備單字！家事

100 신용카드가 있습니까?
有信用卡嗎？

必備單字！日常用品

103 이 옷은 사만오천원입니다.
這件衣服四萬五千韓元。

必備單字！漢字音數字

106 귤 다섯 개 먹었습니다.
吃了五個橘子。

必備單字！韓國固有數字

必備單字！常用量詞

109 이건 김미연 씨의 펜이에요?
這是金美妍的筆嗎？

必備單字！文具

第二章 生活會話篇

詞性簡稱說明

名詞 名

形容詞 形

動詞 動

副詞 副

依存名詞 依

又稱為「不完全名詞」，依存名詞在句子中不能單獨使用，必須與另一個修飾它的詞語，一起表示某種意思。

慣用詞 慣

數詞 數

代名詞 代

感嘆詞 嘆

冠形詞 冠

詞組 詞組

地名 地

助詞 助

量詞 量

接尾辭 接

指無法單獨表示意思，只能接在名詞後方表示整體意思的詞彙。

第一章
基礎觀念篇

007

학교에 갑니다.

hak.gyo.e/gam.ni.da

去學校。

輕鬆背單字

학교	hak.gyo	名	學校
가다	ga.da	動	去／往

輕鬆學文法

1. - 에

助詞，表示方向和目的地，相當於中文的「到」。

2. - (ㅂ)습니다

加在動詞、形容詞或이다的語幹之後，形成敘述句。此為相當正式的敬語用法，為「格式體尊敬形」。若語幹的末音節為母音時，就使用「ㅂ니다」，若為子音時，則使用「습니다」。主要使用在相當正式的場合上，例如演講、開會、播報新聞、生意場合等。

舉一反三

1. **去公司。**（회사：公司）
   회사에 갑니다.
   hwe.sa.e/gam.ni.da

2. **來韓國。**（오다：來）
한국에 옵니다.
han.gu.ge/om.ni.da

3. **回台灣。**（돌아가다：回去）
대만에 돌아갑니다.
de*.ma.ne/do.ra.gam.ni.da

必備單字：一天的時間區隔

새벽 se*.byo*k 清晨	아침 a.chim 早上	정오 jo*ng.o 中午
오전 o.jo*n 上午	오후 o.hu 下午	저녁 jo*.nyo*k 傍晚
낮 nat 白天	밤 bam 晚上	심야 si.mya 半夜

008

어디에 갑니까?
o*.di.e/gam.ni.ga
你要去哪裡？

輕鬆背單字

어디	o*.di	代	哪裡
가다	ga.da	動	去／往

輕鬆學文法

1. - 에
助詞，表示方向和目的地，相當於中文的「到」。

2. - (ㅂ)습니까?
為「(ㅂ)습니다」的疑問型，用來向聽話者提出疑問。

舉一反三

1. 去電影院嗎？（영화관：電影院）
영화관에 갑니까?
yo*ng.hwa.gwa.ne/gam.ni.ga

2. 來我家嗎？（우리 집：我家）
우리 집에 옵니까?
u.ri/ji.be/om.ni.ga

3. 什麼時候去？（언제：何時）

언제 갑니까?

o*n.je/gam.ni.ga

應用會話

A：어디에 갑니까?
o*.di.e/gam.ni.ga
你要去哪裡？

B：화장실에 갑니다.
hwa.jang.si.re/gam.ni.da
去廁所。

A：어디에 갑니까?
o*.di.e/gam.ni.ga
你要去哪裡？

B：편의점에 갑니다.
pyo*.nui.jo*.me/gam.ni.da
去便利商店。

必備單字：顏色

색깔 se*k.gal 顏色	흰색 hin.se*k 白色	검은색 go*.meun.se*k 黑色
노랑색 no.rang.se*k 黃色	오렌지색 o.ren.ji.se*k 橘黃色	녹색 nok.sse*k 綠色

초록색 cho.rok.sse*k 草綠色	청록색 cho*ng.nok.sse*k 藍綠色	파란색 pa.ran.se*k 藍色
하늘색 ha.neul.sse*k 天空色	빨간색 bal.gan.se*k 紅色	주홍색 ju.hong.se*k 朱紅色
분홍색 bun.hong.se*k 粉紅色	보라색 bo.ra.se*k 紫色	갈색 gal.sse*k 褐色
회색 hwe.se*k 灰色	커피색 ko*.pi.se*k 咖啡色	카키색 ka.ki.se*k 卡其色
금색 geum.se*k 金色	은색 eun.se*k 銀色	동색 dong.se*k 銅色
얕은색 ya.teun.se*k 淺色	짙은색 ji.teun.se*k 深色	장미색 jang.mi.se*k 玫瑰色
상아색 sang.a.se*k 象牙色	피부색 pi.bu.se*k 皮膚色	베이지색 be.i.ji.se*k 米黃色

009

몇 시에 갑니까?

myo*t/si.e/gam.ni.ga

幾點去？

輕鬆背單字

몇	myo*t	冠	幾（個）
시	si	依	時／點／鐘點

輕鬆學文法

1. - 에

接在時間名詞後，表示行為發生的時間。

2. - (ㅂ)습니까?

為「(ㅂ)습니다」的疑問型，用來向聽話者提出疑問。

舉一反三

1. **星期一去嗎？**（월요일：星期一）

월요일에 갑니까?

wo.ryo.i.re gam.ni.ga

2. **一點去嗎？**（한 시：一點）

한 시에 갑니까?

han/si.e/gam.ni.ga

3. 早上來嗎？（아침：早上）
아침에 옵니까?
a.chi.me/om.ni.ga

必備單字：星期

월요일 wo.ryo.il 星期一	화요일 hwa.yo.il 星期二	수요일 su.yo.il 星期三
목요일 mo.gyo.il 星期四	금요일 geu.myo.il 星期五	토요일 to.yo.il 星期六
일요일 i.ryo.il 星期日	요일 yo.il 星期	일주일 il.ju.il 一星期
이번 주 i.bo*n/ju 這星期	다음 주 da.eum/ju 下星期	지난 주 ji.nan/ju 上星期

010

두 시에 갑니다.

du/si.e/gam.ni.da

兩點去。

輕鬆背單字

두	du	冠	二
두 시	du/si	詞組	兩點

輕鬆學文法

1. - 에

接在時間名詞後，表示行為發生的時間。

2. - (ㅂ)습니다

加在動詞、形容詞或이다的語幹之後，形成敘述句。此為相當正式的敬語用法，為「格式體尊敬形」。若語幹的末音節為母音時，就使用「ㅂ니다」，若為子音時，則使用「습니다」。

舉一反三

1. **下午三點去。**（오후：下午）

오후 세 시에 갑니다.

o.hu/se/si.e/gam.ni.da

2. 星期二來。（화요일：星期二）
화요일에 옵니다.
hwa.yo.i.re/om.ni.da

3. 下星期五去。（금요일：星期五）
다음 주 금요일에 갑니다.
da.eum/ju/geu.myo.i.re/gam.ni.da

應用會話

A：언제 식당에 갑니까?
o*n.je/sik.dang.e/gam.ni.ga
什麼時候去餐廳？
B：저녁 여섯 시에 식당에 갑니다.
jo*.nyo*k/yo*.so*t/si.e/sik.dang.e/gam.ni.da
晚上六點去餐廳。

A：몇 시에 잡니까?
myo*t/si.e/jam.ni.ga
幾點就寢？
B：밤 열두 시에 잡니다.
bam/yo*l.du/si.e/jam.ni.da
晚上十二點就寢。

必備單字：12個小時

한 시 han/si 一點	두 시 du/si 兩點	세 시 se/si 三點

네 시 ne/si 四點	다섯 시 da.so*t/si 五點	여섯 시 yo*.so*t/si 六點
일곱 시 il.gop/si 七點	여덟 시 yo*.do*l/si 八點	아홉 시 a.hop/si 九點
열 시 yo*l/si 十點	열한 시 yo*l.han/si 十一點	열두 시 yo*l.du/si 十二點
삼십분 sam.sip.bun 三十分	사십오분 sa.si.bo.bun 四十五分	세시반 se.si.ban 三點半

011

책을 삽니다.
che*.geul/ssam.ni.da
買書。

輕鬆背單字

책	che*k	名	書
사다	sa.da	動	買／購買

輕鬆學文法

1. - 을/를

目的格助詞，接在名詞後方，表示該名詞為動作或作用的對象。如果名詞以母音結束，就加를；如果名詞以子音結束，則加을。

2. - (ㅂ)습니다

加在動詞、形容詞或이다的語幹之後，形成敘述句。此為相當正式的敬語用法，為「格式體尊敬形」。若語幹的末音節為母音時，就使用「ㅂ니다」，若為子音時，則使用「습니다」。

舉一反三

1. **買包包。**（가방：包包）
가방을 삽니다.
ga.bang.eul/ssam.ni.da

2. 吃晚餐。（저녁：晚餐）

저녁을 먹습니다.

jo*.nyo*.geul/mo*k.sseum.ni.da

3. 買什麼？（무엇：什麼）

무엇을 삽니까?

mu.o*.seul/ssam.ni.ga

必備單字：動詞

가다 ga.da 去	오다 o.da 來	놀다 nol.da 玩
만들다 man.deul.da 製作	말하다 mal.ha.da 說	보다 bo.da 看
읽다 ik.da 閱讀／念	듣다 deut.da 聽	입다 ip.da 穿
벗다 bo*t.da 脫	만나다 man.na.da 見面	묻다 mut.da 問
웃다 ut.da 笑	울다 ul.da 哭	서다 so*.da 站立

앉다 an.da 坐	눕다 nup.da 躺	걷다 go*t.da 走路／行走
날다 nal.da 飛	타다 ta.da 騎、乘	쉬다 swi.da 休息
나오다 na.o.da 出來	나가다 na.ga.da 出去	배우다 be*.u.da 學習
가르치다 ga.reu.chi.da 教導	쓰다 sseu.da 寫	그리다 geu.ri.da 畫
주다 ju.da 給予	받다 bat.da 接受	빌리다 bil.li.da 借
열다 yo*l.da 開	닫다 dat.da 關	보내다 bo.ne*.da 寄送

바지와 신발을 삽니다.

ba.ji.wa/sin.ba.reul/ssam.ni.da

買褲子和鞋子。

輕鬆背單字

바지	ba.ji	名	褲子
신발	sin.bal	名	鞋子

輕鬆學文法

1. - 을/를

目的格助詞，接在名詞後方，表示該名詞為動作或作用的對象。如果名詞以母音結束，就加를；如果名詞以子音結束，則加을。

2. - 와/과/하고

表示並列，相當於中文的「和」。當名詞以母音結束，就接「와」；當名詞以子音結束，就接「과」；「하고」常用於日常對話中，直接加在母音或子音節結束的名詞後面即可。

舉一反三

1. **吃麵包和牛奶。**（우유：牛奶）

빵과 우유를 먹습니다.

bang.gwa/u.yu.reul/mo*k.sseum.ni.da

2. 看小說和漫畫。（만화책：漫畫）
소설책과 만화책을 봅니다.
so.so*l.che*k.gwa/man.hwa.che*.geul/bom.ni.da

3. 賣肉和蔬菜。（야채：蔬菜）
고기와 야채를 팝니다.
go.gi.wa/ya.che*.reul/pam.ni.da

應用會話

A：무엇을 합니까?
mu.o*.seul/ham.ni.ga
你在做什麼？
B：텔레비전을 봅니다.
tel.le.bi.jo*.neul/bom.ni.da
看電視。

A：무엇을 마십니까?
mu.o*.seul/ma.sim.ni.ga
喝什麼？
B：주스와 커피를 마십니다.
ju.seu.wa/ko*.pi.reul/ma.sim.ni.da
喝果汁和咖啡。

A：누구를 만납니까?
nu.gu.reul/man.nam.ni.ga
見誰？
B：여자 친구를 만납니다.
yo*.ja/chin.gu.reul/man.nam.ni.da
見女朋友。

必備單字：書籍

신문 sin.mun 報紙	소설 so.so*l 小說	잡지 jap.jji 雜誌
만화책 man.hwa.che*k 漫畫書	그림책 geu.rim.che*k 繪本	시집 si.jip 詩集
사전 sa.jo*n 字典	교과서 gyo.gwa.so* 教科書	여행책 yo*.he*ng.che*k 旅遊書
수필집 su.pil.jip 隨筆集	동화책 dong.hwa.che*k 童書	번역서 bo*.nyo*k.sso* 譯書

013

카메라가 비쌉니다.

ka.me.ra.ga/bi.ssam.ni.da

相機很貴。

輕鬆背單字

카메라	ka.me.ra	名	相機
비싸다	bi.ssa.da	形	貴／昂貴

輕鬆學文法

1. - 이/가

為主格助詞，加在名詞後方，該名詞則為句子的主詞。如果名詞以母音結束，就加가；如果名詞以子音結束，則加이。

2. - (ㅂ)습니다

加在動詞、形容詞或이다的語幹之後，形成敘述句。此為相當正式的敬語用法，為「格式體尊敬形」。若語幹的末音節為母音時，就使用「ㅂ니다」，若為子音時，則使用「습니다」。

舉一反三

1. **狗很可愛。**（귀엽다：可愛）

개가 귀엽습니다.

ge*.ga/gwi.yo*p.sseum.ni.da

2. **地震很可怕。**（무섭다：可怕）
지진이 무섭습니다.
ji.ji.ni/mu.so*p.sseum.ni.da

3. **老師很親切。**（친절하다：親切）
선생님이 친절합니다.
so*n.se*ng.ni.mi/chin.jo*l.ham.ni.da

必備單字：形容詞

크다 keu.da 大	작다 jak.da 小	많다 man.ta 多
적다 jo*k.da 少	멀다 mo*l.da 遠	가깝다 ga.gap.da 近
길다 gil.da 長	짧다 jjap.da 短	무겁다 mu.go*p.da 重
가볍다 ga.byo*p.da 輕	높다 nop.da 高	낮다 nat.da 矮
깊다 gip.da 深	얕다 yat.da 淺	낡다 nak.da 老舊

늦다 neut.da 晚／遲	빠르다 ba.reu.da 快	좋다 jo.ta 好
나쁘다 na.beu.da 壞	쓰다 sseu.da 苦	달다 dal.da 甜
짜다 jja.da 鹹	기쁘다 gi.beu.da 高興	바쁘다 ba.beu.da 忙
아프다 a.peu.da 痛	쉽다 swip.da 簡單	어렵다 o*.ryo*p.da 難
힘들다 him.deul.da 辛苦	깨끗하다 ge*.geu.ta.da 乾淨	부드럽다 bu.deu.ro*p.da 柔軟
아쉽다 a.swip.da 真可惜	재미있다 je*.mi.it.da 有趣	재미없다 je*.mi.o*p.da 無趣

무엇이 쌉니까?
mu.o*.si/ssam.ni.ga
什麼東西很便宜？

輕鬆背單字

무엇	mu.o*t	代	什麼
싸다	ssa.da	形	便宜

輕鬆學文法

1. - 이/가

為主格助詞，加在名詞後方，該名詞則為句子的主詞。如果名詞以母音結束，就加가；如果名詞以子音結束，則加이。

2. - (ㅂ)습니까?

為「(ㅂ)습니다」的疑問型，用來向聽話者提出疑問。

舉一反三

1. **韓國料理很好吃。**（맛있다：好吃）
한국요리가 맛있습니다.
han.gu.gyo.ri.ga/ma.sit.sseum.ni.da

2. **她很漂亮。**（예쁘다：漂亮）
그녀가 예쁩니다.
geu.nyo*.ga/ye.beum.ni.da

3. 風景很美。（풍경：風景）
풍경이 아름답습니다.
pung.gyo*ng.i/a.reum.dap.sseum.ni.da

應用會話

A：무엇이 어렵습니까?
mu.o*.si/o*.ryo*p.sseum.ni.ga
什麼很難？
B：수학이 어렵습니다.
su.ha.gi/o*.ryo*p.sseum.ni.da
數學很難。

A：무엇이 맛없습니까?
mu.o*.si/ma.do*p.sseum.ni.ga
什麼很難吃？
B：반찬이 맛없습니다.
ban.cha.ni/ma.do*p.sseum.ni.da
菜餚很難吃。

必備單字：韓國料理

한정식 han.jo*ng.sik 韓定食	돌솥비빔밥 dol.sot.bi.bim.bap 石鍋拌飯	떡볶이 do*k.bo.gi 辣炒年糕
순두부 찌개 sun.du.bu/jji.ge* 嫩豆腐鍋	김치찌개 gim.chi.jji.ge* 泡菜鍋	삼계탕 sam.gye.tang 蔘雞湯

불고기 bul.go.gi 烤肉	김치볶음밥 gim.chi.bo.geum.bap 泡菜炒飯	부대찌개 bu.de*.jji.ge* 部隊鍋
갈비탕 gal.bi.tang 排骨湯	설렁탕 so*l.lo*ng.tang 牛骨湯	보쌈 bo.ssam 菜包白切肉
순대 sun.de* 米血腸	김치 gim.chi 泡菜	비빔냉면 bi.bim.ne*ng.myo*n 涼拌冷麵
해장국 he*.jang.guk 醒酒湯	칼국수 kal.guk.ssu 刀切麵	떡국 do*k.guk 年糕湯
수제비 su.je.bi 麵疙瘩湯	매운탕 me*.un.tang 辣魚湯	라면 ra.myo*n 泡麵

015

어디에서 삽니까?
o*.di.e.so*/sam.ni.ga
住在哪裡？

輕鬆背單字

어디	o*.di	代	哪裡
살다	sal.da	動	住／居住

輕鬆學文法

1. - 에서
助詞，表示行為發生的範圍或地點，相當於中文的「在…（做）…」

2. 살다（住）+(ㅂ)습니까?
詞尾以ㄹ結束的動詞、形容詞，後面遇到以「ㄴ」、「ㅂ」、「ㅅ」開頭時，ㄹ會脫落。
살다 + 습니까 → 사 + ㅂ니까 → 삽니까

舉一反三

1. **他住在哪裡？（그：他）**
그가 어디에서 삽니까?
geu.ga/o*.di.e.so*/sam.ni.ga

2. 哥哥和姊姊住在哪裡？（오빠：哥哥）
오빠와 언니가 어디에서 삽니까?
o.ba.wa/o*n.ni.ga/o*.di.e.so*/sam.ni.ga

3. 住在首爾嗎？（서울：首爾）
서울에서 삽니까?
so*.u.re.so*/sam.ni.ga

必備單字：韓國各地名

서울 so*.ul 首爾	부산 bu.san 釜山	대구 de*.gu 大邱
대전 de*.jo*n 大田	광주 gwang.ju 光州	강릉 gang.neung 江陵
충청도 chung.cho*ng.do 忠清道	강원도 gang.won.do 江原	경기도 gyo*ng.gi.do 京畿道
제주도 je.ju.do 濟州島	경상도 gyo*ng.sang.do 慶尚道	전라도 jo*l.la.do 全羅道

016

대만에서 삽니다.
de*.ma.ne.so*/sam.ni.da
住在台灣。

輕鬆背單字

대만	de*.man	地	台灣
살다	sal.da	動	住／居住

輕鬆學文法

1. - 에서
助詞，表示行為發生的範圍或地點，相當於中文的「在…（做）…」。

2. 살다 (住) +(ㅂ)습니까
詞尾以ㄹ結束的動詞、形容詞，後面遇到以「ㄴ」、「ㅂ」、「ㅅ」開頭時，ㄹ會脫落。
살다 + 습니다 → 사 + ㅂ니다 → 삽니다

舉一反三

1. **住在台北。**（타이베이：台北）
타이베이에서 삽니다.
ta.i.be.i.e.so*/sam.ni.da

2. **妹妹住在濟州島。**（여동생：妹妹）
여동생이 제주도에서 삽니다.
yo*.dong.se*ng.i/je.ju.do.e.so*/sam.ni.da

3. **我住在公寓。**（아파트：公寓）
제가 아파트에서 삽니다.
je.ga/a.pa.teu.e.so*/sam.ni.da

應用會話

A：어디에서 삽니까?
o*.di.e.so*/sam.ni.ga
你住在哪裡？
B：제가 대구에서 삽니다.
je.ga/de*.gu.e.so*/sam.ni.da
我住在大邱。

A：부모님이 어디에서 사십니까?
bu.mo.ni.mi/o*.di.e.so*/sa.sim.ni.ga
父母親住在哪裡？
B：부모님이 경기도에서 사십니다.
bu.mo.ni.mi/gyo*ng.gi.do.e.so*/sa.sim.ni.da
父母親住在京畿道。

어디에서 점심을 먹습니까?
o*.di.e.so*/jo*m.si.meul/mo*k.sseum.ni.ga
在哪裡吃午餐？

輕鬆背單字

점심	jo*m.sim	名	午餐／中午
먹다	mo*k.da	動	吃

輕鬆學文法

1. - 에서
助詞，表示行為發生的範圍或地點，相當於中文的「在…（做）…」。

2. - 을/를
目的格助詞，接在名詞後方，表示該名詞為動作或作用的對象。如果名詞以母音結束，就加를；如果名詞以子音結束，則加을。

舉一反三

1. 在哪裡打工？（아르바이트：打工）
어디에서 아르바이트를 합니까?
o*.di.e.so*/a.reu.ba.i.teu.reul/ham.ni.ga

2. 在哪裡工作？（일하다：工作）
어디에서 일합니까?
o*.di.e.so*/il.ham.ni.ga

3. 在哪裡學英語？（영어：英語）
어디에서 영어를 배웁니까?
o*.di.e.so*/yo*ng.o*.reul/be*.um.ni.ga

必備單字：三餐

아침식사 a.chim.sik.ssa 早餐	점심식사 jo*m.sim.sik.ssa 午餐	저녁식사 jo*.nyo*k.sik.ssa 晚餐
야식 ya.sik 消夜	반찬 ban.chan 小菜	디저트 di.jo*.teu 點心
수프 su.peu 湯	중식요리 jung.si.gyo.ri 中式料理	한식요리 han.si.gyo.ri 韓式料理
일식요리 il.si.gyo.ri 日式料理	프랑스 요리 peu.rang.seu/yo.ri 法國料理	패스트푸드 pe*.seu.teu.pu.deu 速食

018

도서관에서 책을 읽습니다.

do.so*.gwa.ne.so*/che*.geul/ik.sseum.ni.da

在圖書館看書。

輕鬆背單字

도서관	do.so*.gwan	名	圖書館
읽다	ik.da	動	讀／念

輕鬆學文法

1. - 에서

助詞，表示行為發生的範圍或地點，相當於中文的「在…（做）…」。

2. - 을/를

目的格助詞，接在名詞後方，表示該名詞為動作或作用的對象。如果名詞以母音結束，就加를；如果名詞以子音結束，則加을。

舉一反三

1. 在教室學韓文。（교실：教室）
교실에서 한국어를 배웁니다.
gyo.si.re.so*/han.gu.go*.reul/be*.um.ni.da

2. 在房間讀書。（방：房間）
방에서 공부합니다.
bang.e.so*/gong.bu.ham.ni.da

3. 在公司開會。（회의：會議）
회사에서 회의를 합니다.
hwe.sa.e.so*/hwe.ui.reul/ham.ni.da

應用會話

A : 어디에서 농구를 합니까?
o*.di.e.so*/nong.gu.reul/ham.ni.ga
在哪裡打籃球？
B : 공원에서 농구를 합니다.
gong.wo.ne.so*/nong.gu.reul/ham.ni.da
在公園打籃球。

A : 어디에서 요리를 만듭니까?
o*.di.e.so*/yo.ri.reul/man.deum.ni.ga
在哪裡做菜？
B : 부엌에서 요리를 만듭니다.
bu.o*.ke.so*/yo.ri.reul/man.deum.ni.da
在廚房做菜。

A : 어디에서 영어를 배웁니까?
o*.di.e.so*/yo*ng.o*.reul/be*.um.ni.ga
你在哪裡學英文？
B : 학원에서 영어를 배웁니다.
ha.gwo.ne.so*/yo*ng.o*.reul/be*.um.ni.da
我在補習班學英文。

必備單字：報紙

신문 sin.mun 報紙	조간 신문 jo.gan/sin.mun 早報	석간 신문 so*k.gan/sin.mun 晚報
신문사 sin.mun.sa 報社	신문계 sin.mun.gye 報界	신문 기자 sin.mun/gi.ja 報社記者
신문 기사 sin.mun/gi.sa 新聞報導	헌 신문 ho*n/sin.mun 舊報紙	조선일보 jo.so*.nil.bo 朝鮮日報
중앙일보 jung.ang.il.bo 中央日報	한국일보 han.gu.gil.bo 韓國日報	서울신문 so*.ul.sin.mun 首爾報紙

019

누가 은행에 갑니까?

nu.ga/eun.he*ng.e/gam.ni.ga

誰去銀行？

輕鬆背單字

누구	nu.gu	代	誰／什麼人
은행	eun.he*ng	名	銀行

輕鬆學文法

1.누구（誰）和主格助詞「가」一起使用時，「구」會不見。

2. - 에

助詞，表示方向和目的地，相當於中文的「到」。

舉一反三

1. 誰去郵局？（우체국：郵局）

누가 우체국에 갑니까?

nu.ga/u.che.gu.ge/gam.ni.ga

2. 誰去百貨公司？（백화점：百貨公司）

누가 백화점에 갑니까?

nu.ga/be*.kwa.jo*.me/gam.ni.ga

3. 媽媽去市場嗎？（시장：市場）
어머님이 시장에 가십니까?
o*.mo*.ni.mi/si.jang.e/ga.sim.ni.ga

必備單字：百貨公司相關詞彙

화장품 hwa.jang.pum 化妝品	여성복 yo*.so*ng.bok 女裝	남성복 nam.so*ng.bok 男裝
아동복 a.dong.bok 童裝	생활 용품 se*ng.hwal/yong.pum 生活用品	스포츠 용품 seu.po.cheu/yong.pum 體育用品
가전 ga.jo*n 家電	완구 wan.gu 玩具	서적 so*.jo*k 書籍
CD판매점 CD.pan.me*.jo*m 唱片行	란제리 ran.je.ri 女內衣	푸드홀 pu.deu.hol 美食區

020

할아버지가 병원에 가십니다.

ha.ra.bo*.ji.ga/byo*ng.wo.ne/ga.sim.ni.da

爺爺去醫院。

輕鬆背單字

할아버지	ha.ra.bo*.ji	名	爺爺
병원	byo*ng.won	名	醫院

輕鬆學文法

1. - 이/가

為主格助詞，加在名詞後方，該名詞則為句子的主詞。如果名詞以母音結束，就加가；如果名詞以子音結束，則加이。

2. - (으)시

敬語用法，接在形容詞、動詞或이다語幹後方，主要是用來尊敬對方（聽話者），或比談話者或聽話者的年齡或社會地位還高的對象。

舉一反三

1. 哥哥去美國。（미국：美國）
   형이 미국에 갑니다.
   hyo*ng.i/mi.gu.ge/gam.ni.da

2. 叔叔去鄉下。（시골：鄉下）
아저씨가 시골에 가십니다.
a.jo*.ssi.ga/si.go.re/ga.sim.ni.da

3. 弟弟去補習班。（학원：補習班）
동생이 학원에 갑니다.
dong.se*ng.i/ha.gwo.ne/gam.ni.da

應用會話

A：누가 사무실에 가십니까?
nu.ga/sa.mu.si.re/ga.sim.ni.ga
誰去辦公室？
B：부장님이 사무실에 가십니다.
bu.jang.ni.mi/sa.mu.si.re/ga.sim.ni.da
部長去辦公室。

A：누가 서점에 갑니까?
nu.ga/so*.jo*.me/gam.ni.ga
誰去書局？
B：형수가 서점에 갑니다.
hyo*ng.su.ga/so*.jo*.me/gam.ni.da
嫂嫂去書局。

必備單字：家族稱謂

아버지 a.bo*.ji 父親	어머니 o*.mo*.ni 母親	형 o.ba 哥哥

오빠 hyo*ng 哥哥	언니 o*n.ni 姊姊	누나 nu.na 姊姊
할머니 hal.mo*.ni 奶奶	할아버지 ha.ra.bo*.ji 爺爺	남편 nam.pyo*n 丈夫
아내 a.ne* 妻子	남동생 nam.dong.se*ng 弟弟	여동생 yo*.dong.se*ng 妹妹
외할아버지 we.ha.ra.bo*.ji 外公	외할머니 we.hal.mo*.ni 外婆	부모님 bu.mo.nim 父母親
아들 a.deul 兒子	딸 dal 女兒	며느리 myo*.neu.ri 媳婦
사위 sa.wi 女婿	손자 son.ja 孫子	손녀 son.nyo* 孫女

021

누구에게 편지를 줍니까?

nu.gu.e.ge/pyo*n.ji.reul/jjum.ni.ga

給誰信？

輕鬆背單字

편지	pyo*n.ji	名	信
주다	ju.da	動	給予

輕鬆學文法

1. - 에게

表示行為的歸著點，接在表示人或動物的有情名詞後方，也可以用「한테」。

2. - 을/를

目的格助詞，接在名詞後方，表示該名詞為動作或作用的對象。如果名詞以母音結束，就加를；如果名詞以子音結束，則加을。

舉一反三

1. **給誰禮物？**（선물：禮物）
누구에게 선물을 줍니까?
nu.gu.e.ge/so*n.mu.reul/jjum.ni.ga

2. **教誰韓語？**（한국어：韓語）
누구에게 한국어를 가르칩니까?
nu.gu.e.ge/han.gu.go*.reul/ga.reu.chim.ni.ga

3. **打電話給誰？**（전화하다：打電話）
누구에게 전화합니까?
nu.gu.e.ge/jo*n.hwa.ham.ni.ga

必備單字：科目

국어 gu.go* 國語	영어 yo*ng.o* 英語	역사 yo*k.ssa 歷史
지리 mul.li 地理	수학 su.hak 數學	생물학 se*ng.mul.hak 生物學
화학 hwa.hak 化學	물리학 mul.li.hak 物理學	의학 ui.hak 醫學
천문학 cho*n.mun.hak 天文學	정치학 jo*ng.chi.hak 治學	철학 cho*l.hak 哲學
경제학 gyo*ng.je.hak 經濟學	체육 che.yuk 體育	미술 mi.sul 美術

022

친구에게 돈을 줍니다.

chin.gu.e.ge/do.neul/jjum.ni.da

給朋友錢。

輕鬆背單字

친구	chin.gu	名	朋友
돈	don	名	錢

輕鬆學文法

1. - 에게

表示行為的歸著點，接在表示人或動物的有情名詞後方，也可以用「한테」。

2. - 을/를

目的格助詞，接在名詞後方，表示該名詞為動作或作用的對象。如果名詞以母音結束，就加를；如果名詞以子音結束，則加을。

舉一反三

1. **給他介紹朋友。**（소개하다：介紹）

그에게 친구를 소개합니다.

geu.e.ge/chin.gu.reul/sso.ge*.ham.ni.da

2. **教學生歷史。**（역사：歷史）

학생들에게 역사를 가르칩니다.

hak.sse*ng.deu.re.ge/yo*k.ssa.reul/ga.reu.chim.ni.da

3. 給小狗飼料。（강아지：小狗）
강아지에게 먹이를 줍니다.
gang.a.ji.e.ge/mo*.gi.reul/jjum.ni.da

應用會話

A : 누구에게 수학을 가르칩니까?
nu.gu.e.ge/su.ha.geul/ga.reu.chim.ni.ga
你教誰數學？
B : 반 친구에게 수학을 가르칩니다.
ban/chin.gu.e.ge/su.ha.geul/ga.reu.chim.ni.da
我教班上的同學數學。

A : 누구에게 전화를 합니까?
nu.gu.e.ge/jo*n.hwa.reul/ham.ni.ga
你打電話給誰？
B : 민지 씨에게 전화를 합니다.
min.ji/ssi.e.ge/jo*n.hwa.reul/ham.ni.da
我打電話給旼志。

必備單字：動物

개 ge* 狗	고양이 go.yang.i 貓	돼지 dwe*.ji 豬
소 so 牛	양 yang 羊	코끼리 ko.gi.ri 大象

토끼 to.gi 兔子	말 mal 馬	곰 gom 熊
사자 sa.ja 獅子	호랑이 ho.rang.i 老虎	원숭이 won.sung.i 猴子
여우 yo*.u 狐狸	사슴 sa.seum 鹿	쥐 jwi 老鼠
낙타 nak.ta 駱駝	고릴라 go.ril.la 大猩猩	코알라 ko.al.la 無尾熊
캥거루 ke*ng.go*.ru 袋鼠	기린 gi.rin 長頸鹿	늑대 neuk.de* 狼

학생입니까?
hak.sse*ng.im.ni.ga
是學生嗎？

輕鬆背單字

학생	hak.sse*ng	名	學生
이다	i.da	助	是

輕鬆學文法

1. - 이다
相當於中文的「是」，使用在主語和敘述語是統一的句子內，或使用在具體指定某種事物的時候。其否定形態為「아니다」。

2. - (ㅂ)습니까?
為「(ㅂ)습니다」的疑問型，用來向聽話者提出疑問。

舉一反三

1. 是後輩嗎？（후배：後輩）
후배입니까?
hu.be*.im.ni.ga

2. 是水果嗎？（과일：水果）
과일입니까?
gwa.i.rim.ni.ga

3. 是社長。（사장님：社長）
사장님입니다.
sa.jang.ni.mim.ni.da

必備單字：職稱

회장 hwe.jang 董事長	이사장 i.sa.jang 董事長	사장 sa.jang 總經理
경리 gyo*ng.ni 經理	매니저 me*.ni.jo* 部門經理	주임 ju.im 主任
비서 bi.so* 秘書	고문 go.mun 顧問	회계사 hwe.gye.sa 會計
과장 gwa.jang 課長	부장 bu.jang 部長	대리 de*.ri 代理
직원 ji.gwon 職員	공장장 gong.jang.jang 廠長	조장 jo.jang 組長

네, 선배입니다.

ne//so*n.be*.im.ni.da

是的，是前輩。

輕鬆背單字

네	ne	嘆	是的（應答詞）
선배	so*n.be*	名	前輩／學長姊

輕鬆學文法

1. - 이다

相當於中文的「是」，使用在主語和敘述語是統一的句子內，或使用在具體指定某種事物的時候。其否定形態為「아니다」。

2. - (ㅂ)습니다

加在動詞、形容詞或이다的語幹之後，形成敘述句。此為相當正式的敬語用法，為「格式體尊敬形」。若語幹的末音節為母音時，就使用「ㅂ니다」，若為子音時，則使用「습니다」。

舉一反三

1. **是的，是字典。**（사전：字典）

네, 사전입니다.

ne//sa.jo*.nim.ni.da

2. 是的，是蛋糕。（케이크：蛋糕）
네, 케이크입니다.
ne//ke.i.keu.im.ni.da

3. 不是，是啤酒。（아니다：不是）
아닙니다, 맥주입니다.
a.ni.yo//me*k.jju.im.ni.da

應用會話

A：대학생입니까?
de*.hak.sse*ng.im.ni.ga
是大學生嗎？
B：네, 대학생입니다.
ne//de*.hak.sse*ng.im.ni.da
是的，是大學生。

A：한국 사람입니까?
han.guk/sa.ra.mim.ni.ga
是韓國人嗎？
B：아닙니다, 대만 사람입니다.
a.nim.ni.da//de*.man/sa.ra.mim.ni.da
不是，是台灣人。

必備單字：酒類

맥주 me*k.jju 啤酒	소주 so.ju 燒酒	와인 wa.in 紅酒

위스키 wi.seu.ki 威士忌	양주 yang.ju 洋酒	샴페인 syam.pe.in 香檳
칵테일 kak.te.il 雞尾酒	막걸리 mak.go*l.li 米酒	청주 cho*ng.ju 清酒
캔맥주 ke*n.me*k.jju 罐裝啤酒	흑맥주 heung.me*k.jju 黑啤酒	생맥주 se*ng.me*k.jju 生啤酒
인삼주 in.sam.ju 人參酒	보드카 bo.deu.ka 伏特加	가오량주 ga.o.ryang.ju 高粱酒
브랜디 beu.re*n.di 白蘭地	일본소주 il.bon.so.ju 日本燒酒	청도맥주 cho*ng.do.me*k.jju 青島啤酒

회사원이 아닙니다.

hwe.sa.wo.ni/a.nim.ni.da

不是公司職員。

輕鬆背單字

회사원	hwe.sa.won	名	公司職員
아니다	a.ni.da	形	不是

輕鬆學文法

이다的否定形 → 아니다（不是）

「名詞＋입니다（是…）」的否定形式為「名詞＋이/가 아닙니다（不是…）」。

舉一反三

1. **不是首爾大學的學生嗎？**（서울대학교：首爾大學）
   서울대학교 학생이 아닙니까?
   so*.ul.de*.hak.gyo/hak.sse*ng.i/a.nim.ni.ga

2. **不是男朋友。**（남자친구：男朋友）
   남자친구가 아닙니다.
   nam.ja.chin.gu.ga/a.nim.ni.da

3. **不是同事。**（동료：同事）
   동료가 아닙니다.
   dong.nyo.ga/a.nim.ni.da

應用會話

A：그녀가 김희선 씨입니까?
geu.nyo*.ga/gim.hi.so*n/ssi.im.ni.ga
她是金喜善小姐嗎？

B：아닙니다. 김희선 씨가 아닙니다.
a.nim.ni.da//gim.hi.so*n/ssi.ga/a.nim.ni.da
不是，她不是金喜善小姐。

A：그것이 핸드폰입니까?
geu.go*.si/he*n.deu.po.nim.ni.ga
那是手機嗎？

B：아닙니다. 핸드폰이 아닙니다.
a.nim.ni.da//he*n.deu.po.ni/a.nim.ni.da
不是，那不是手機。

必備單字：師長／學生

선생님 so*n.se*ng.nim 老師	교수 gyo.su 教授	부교수 bu.gyo.su 副教授
조교수 jo.gyo.su 助理教授	조교 jo.gyo 助教	강사 gang.sa 講師
학생 hak.sse*ng 學生	남학생 nam.hak.sse*ng 男學生	여학생 yo*.hak.sse*ng 女學生

초등학생 cho.deung.hak.sse*ng 小學生	중학생 jung.hak.sse*ng 國中生	고등학생 go.deung.hak.sse*ng 高中生
대학생 de*.hak.sse*ng 大學生	대학원생 de*.ha.gwon.se*ng 研究生	유학생 yu.hak.sse*ng 留學生
동창 dong.chang 同學	교환학생 gyo.hwan.hak.sse*ng 交換學生	졸업생 jo.ro*p.sse*ng 畢業生
전학생 jo*n.hak.sse*ng 轉學生	청강생 cho*ng.gang.se*ng 旁聽學生	우등생 u.deung.se*ng 資優生

몇 시부터 일합니까?
myo*t/si.bu.to*/il.ham.ni.ga
幾點開始工作？

輕鬆背單字

몇	myo*t	冠	幾（個）
일하다	il.ha.da	動	工作

輕鬆學文法

1. - 부터
助詞，接在表示時間的名詞之後，表示起點，相當於中文的「從」。

2. - (ㅂ)습니까?
為「(ㅂ)습니다」的疑問型，用來向聽話者提出疑問。

舉一反三

1. 幾點開始睡覺？（자다：睡覺）
몇 시부터 잡니까?
myo*t/si.bu.to*/jam.ni.ga

2. 幾點開始讀日本語？（일본어：日語）
몇 시부터 일본어를 공부합니까?
myo*t/si.bu.to*/il.bo.no*.reul/gong.bu.ham.ni.ga

3. 早上8點開始考試。（시험을 보다：考試）

아침 8시부터 시험을 봅니다.

a.chim/yo*.do*p.ssi.bu.to*/si.ho*.meul/bom.ni.da

必備單字：天數

하루 ha.ru 一天	이틀 i.teul 兩天	사흘 sa.heul 三天
나흘 na.heul 四天	닷새 dat.sse* 五天	엿새 yo*t.sse* 六天
이레 i.re 七天	여드레 yo*.deu.re 八天	아흐레 a.heu.re 九天
열흘 yo*l.heul 十天	한 달 han/dal 一個月	일년 il.lyo*n 一年

027

몇 시까지 공부합니까?

myo*t/si.ga.ji/gong.bu.ham.ni.ga

讀書到幾點？

輕鬆背單字

공부하다	gong.bu.ha.da	動	讀書
시	si	依	時／點／鐘點

輕鬆學文法

1. - 까지
助詞，接在表示時間的名詞之後，表示終點，相當於中文的「到…為止」。

2. - (ㅂ)습니까?
為「(ㅂ)습니다」的疑問型，用來向聽話者提出疑問。

舉一反三

1. **考試到什麼時候？**（시험：考試）
시험이 언제까지입니까?
si.ho*.mi/o*n.je.ga.ji.im.ni.ga

2. **上課到下午三點。**（수업：課程）
수업이 오후 3시까지입니다.
su.o*.bi/o.hu/se.si.ga.ji.im.ni.da

3. 工作到晚上九點。（밤：晚上）
밤 9시까지 일합니다.
bam/a.hop.ssi.ga.ji/il.ham.ni.da

應用會話

A：몇 시부터 몇 시까지 일하십니까?
myo*t/si.bu.to*/myo*t/si.ga.ji/il.ha.sim.ni.ga
你從幾點工作到幾點呢？
B：아침 7시부터 저녁 6시까지 일합니다.
a.chim/il.gop.ssi.bu.to*/jo*.nyo*k/yo*.so*t.ssi.ga.ji/il.ham.ni.da
從早上七點工作到晚上六點。

A：여름 방학이 언제부터 언제까지입니까?
yo*.reum/bang.ha.gi/o*n.je.bu.to*/o*n.je.ga.ji.im.ni.ga
暑假是從什麼時候到什麼時候？
B：7월부터 9월까지 입니다.
chi.rwol.bu.to*/gu.wol.ga.ji/im.ni.da
從七月到九月。

必備單字：12個月

일월 i.rwol 一月	이월 i.wol 二月	삼월 sa.mwol 三月
사월 sa.wol 四月	오월 o.wol 五月	유월 yu.wol 六月

칠월 chi.rwol 七月	팔월 pa.rwol 八月	구월 gu.wol 九月
십월 si.bwol 十月	십일월 si.bi.rwol 十一月	십이월 si.bi.wol 十二月
매월 me*.wol 每月	월초 wol.cho 月初	월말 wol.mal 月底
이번 달 i.bo*n/dal 這個月	지난 달 ji.nan/dal 上個月	다음 달 da.eum/dal 下個月

028

저는 대학원생이에요.

jo*.neun/de*.ha.gwon.se*ng.i.e.yo

我是研究所學生。

輕鬆背單字

저	jo*	代	我（謙稱）
대학원생	de*.ha.gwon.se*ng	名	研究所學生

輕鬆學文法

1. - 은/는

用來表示句子的主題或闡述的對象，若「은/는」接在名詞的後方，表示該名詞即是句子的主題。當名詞以母音結束，要加는，當名詞以子音結束，則加은。

2. - 아/어요

為對聽話者表示尊敬的終結語尾，和格式體尊敬形的「(ㅂ)습니다」相比，雖然較不正式，卻是韓國人日常生活中最常用的尊敬形態。「아/어요」可以使用在敘述句和疑問句上，若使用在疑問句上，句尾音調要上揚。若「아/어요」遇到이다時，就要變成「예요」或「이에요」。當이다前面的名詞是以母音結束，就接예요；當이다前面的名詞是以子音結束，則接이에요。

舉一反三

1. **我是中國人。**（중국 사람：中國人）

나는 중국 사람이에요.

na.neun/jung.guk/sa.ra.mi.e.yo

2. 我們是小學生。（초등학생：小學生）
우리는 초등학생이에요.
u.ri.neun/cho.deung.hak.sse*ng.i.e.yo

3. 她是金泰熙。（그녀：她）
그녀는 김태희입니다.
geu.nyo*.neun/gim.te*.hi.im.ni.da

必備單字：職業

가정주부 ga.jo*ng.ju.bu 家庭主婦	변호사 byo*n.ho.sa 律師	법관 bo*p.gwan 法官
검사 go*m.sa 檢察官	경찰 gyo*ng.chal 警察	사업가 sa.o*p.ga 商人
소방대원 so.bang.de*.won 消防隊員	군인 gu.nin 軍人	의사 ui.sa 醫生
외교관 we.gyo.gwan 外交官	공무원 gong.mu.won 公務員	점원 jo*.mwon 店員
탐정 tam.jo*ng 偵探	탤런트 te*l.lo*n.teu 電視演員	학자 hak.jja 學者

간호사 gan.ho.sa 護士	약사 yak.ssa 藥劑師	기자 gi.ja 記者
화가 hwa.ga 畫家	작가 jak.ga 作家	요리사 yo.ri.sa 廚師
엔지니어 en.ji.ni.o* 工程師	건축사 go*n.chuk.ssa 建築師	농부 nong.bu 農民
노동자 no.dong.ja 工人	어부 o*.bu 漁民	디자이너 di.ja.i.no* 設計師
이발사 i.bal.ssa 理髮師	운전사 un.jo*n.sa 司機	번역가 bo*.nyo*k.ga 翻譯家
세일즈맨 se.il.jeu.me*n 推銷員	카메라맨 ka.me.ra.me*n 攝影師	리포터 ri.po.to* 採訪記者

029

뭐 하세요?

mwo/ha.se.yo

您在做什麼？

輕鬆背單字

뭐	mwo	代	什麼（무엇）
하다	ha.da	動	做

輕鬆學文法

1. -(으)시

敬語用法，接在形容詞、動詞或이다語幹後方，主要是用來尊敬對方（聽話者），或比談話者或聽話者的年齡或社會地位還高的對象。

(으)시+어요（表尊敬的終結語尾）→(으)세요

2. .아/어요

為對聽話者表示尊敬的終結語尾，適用於日常生活中或非正式的場合。「아/어요」可以使用在敘述句和疑問句上，若使用在疑問句上，句尾音調要上揚。接在動詞、形容詞後方，當語幹的母音是「ㅏ.ㅗ」時，就接아요；如果語幹的母音不是「ㅏ.ㅗ」時，就接「어요」；如果是하다類的動詞，就接여요，兩者結合後會變成해요。

舉一反三

1. 爸爸去上班。（회사에 가다：上班）
   아버님이 회사에 가세요.
   a.bo*.ni.mi/hwe.sa.e/ga.se.yo

2. 媽媽在市場賣衣服。（팔다：賣）
   어머님이 시장에서 옷을 파세요.
   o*.mo*.ni.mi/si.jang.e.so*/o.seul/pa.se.yo

3. 他在學校教物理。（물리：物理）
   그분이 학교에서 물리를 가르치세요.
   geu.bu.ni/hak.gyo.e.so*/mul.li.reul/ga.reu.chi.se.yo

應用會話

A：뭐 해요?
mwo/he*.yo
在做什麼？
B：숙제를 해요.
suk.jje.reul/he*.yo
寫作業。

A：그분이 누구세요?
geu.bu.ni/nu.gu.se.yo
他是誰？
B：그분이 회장님이세요.
geu.bu.ni/hwe.jang.ni.mi.se.yo
他是會長。

030

집이 가까워요?

ji.bi/ga.ga.wo.yo

家很近嗎？

輕鬆背單字

집	jip	名	家
가깝다	ga.gap.da	形	近

輕鬆學文法

1. - 이/가

為主格助詞，加在名詞後方，該名詞則為句子的主詞。如果名詞以母音結束，就加가；如果名詞以子音結束，則加이。

2. ㅂ不規則變化

가깝다屬於ㅂ不規則變化的單字，若語幹末音節的終聲是ㅂ，後面接著母音開頭的語尾時，ㅂ會變成우。

가깝다 + 아요 → 가까우 + 어요 → 가까워요

舉一反三

1. **韓國菜很辣嗎？**（맵다：辣）

한국 요리가 매워요?

han.guk/yo.ri.ga/me*.wo.yo

2. 菜很清淡嗎？（싱겁다：清淡）
음식이 싱거워요?
eum.si.gi/sing.go*.wo.yo

3. 今天很熱嗎？（덥다：熱）
오늘이 더워요?
o.neu.ri/do*.wo.yo

應用會話

A : 인형이 귀여워요?
in.hyo*ng.i/gwi.yo*.wo.yo
娃娃很可愛嗎？
B : 네, 귀여워요.
ne//gwi.yo*.wo.yo
是的，很可愛。

A : 회사가 멀어요?
hwe.sa.ga/mo*.ro*.yo
公司遠嗎？
B : 아니요, 가까워요.
a.ni.yo//ga.ga.wo.yo
不，很近。

必備單字：《ㅂ不規則變化》的詞彙

어렵다 o*.ryo*p.da 困難	쉽다 swip.da 容易	뜨겁다 deu.go*p.da 燙

춥다 chup.da 冷	덥다 do*p.da 熱	맵다 me*p.da 辣
싱겁다 sing.go*p.da 清淡	무겁다 mu.go*p.da 重	가볍다 ga.byo*p.da 輕
무섭다 mu.so*p.da 可怕	돕다 dop.da 幫忙	곱다 gop.da 漂亮
시끄럽다 si.geu.ro*p.da 吵鬧	귀엽다 gwi.yo*p.da 可愛	굽다 gup.da 烤

한국 노래를 좋아해요?

han.guk/no.re*.reul/jjo.a.he*.yo

你喜歡韓文歌嗎？

輕鬆背單字

노래	no.re*	名	歌曲
좋아하다	jo.a.ha.da	動	喜歡

輕鬆學文法

1. -을/를

目的格助詞，接在名詞後方，表示該名詞為動作或作用的對象。如果名詞以母音結束，就加를；如果名詞以子音結束，則加을。

2. -아/어요

為對聽話者表示尊敬的終結語尾，接在動詞、形容詞或이다後方，當語幹的母音是「ㅏ. ㅗ」時，就接아요；如果語幹的母音不是「ㅏ. ㅗ」時，就接「어요」；如果是하다類的動詞，就接여요，兩者結合後會變成해요。

舉一反三

1. **我喜歡美國電影。**（영화：電影）

미국 영화를 좋아해요.

mi.guk/yo*ng.hwa.reul/jjo.a.he*.yo

2. **我討厭打掃。**（청소：打掃）
청소를 싫어해요.
cho*ng.so.reul/ssi.ro*.he*.yo

3. **你喜歡什麼？**（무엇：什麼）
무엇을 좋아해요?
mu.o*.seul/jjo.a.he*.yo

應用會話

A：그림을 잘 그려요?
geu.ri.meul/jjal/geu.ryo*.yo
畫圖畫得好嗎？
B：네, 잘 그려요.
ne//jal/geu.ryo*.yo
是的，畫得好。

A：소고기를 싫어해요?
so.go.gi.reul/ssi.ro*.he*.yo
你不喜歡吃牛肉嗎？
B：아니요, 소고기를 좋아해요.
a.ni.yo//so.go.gi.reul/jjo.a.he*.yo
不，我喜歡吃牛肉。

必備單字：各種領域

바둑 두기	노래 부르기	댄스
ba.duk/du.gi	no.re*/bu.reu.gi	de*n.seu
下圍棋	唱歌	跳舞

꽃꽂이 got.go.ji 插花	낚시 nak.ssi 釣魚	도예 do.ye 陶藝
조각 jo.gak 雕刻	사진 찍기 sa.jin/jjik.gi 拍照	회화 hwe.hwa 繪畫
서예 so*.ye 書法	영화 yo*ng.hwa 看電影	음악 eu.mak 聽音樂
운동 un.dong 運動	수공 자수 su.gong/ja.su 手工刺繡	재봉 je*.bong 裁縫
목공예 mok.gong.ye 木工藝	회화 hwe.hwa 繪畫	언어 o*.no* 語言

Track 032

기차역에서 만납시다.
gi.cha.yo*.ge.so*/man.nap.ssi.da
在火車站見面吧。

輕鬆背單字

기차역	gi.cha.yo*k	名	火車站
만나다	man.na.da	動	見面

輕鬆學文法

1. - 에서
助詞，表示行為發生的範圍或地點，相當於中文的「在…（做）…」。

2. - (으)ㅂ시다
接在動詞語幹後方，表示向對方提出建議或邀請他人一起做某事。相當於中文的「一起…吧。／我們…好嗎？」。當動詞語幹以母音結束時，就使用ㅂ시다；當動詞語幹以子音結束時，就要使用읍시다。此句型不可以對比自己年紀大或社會地位比自己高的人使用。

舉一反三

1. **吃晚飯吧。**（저녁：晚飯）
저녁을 먹읍시다.
jo*.nyo*.geul/mo*.geup.ssi.da

2. 看連續劇吧。（드라마：連續劇）
드라마를 봅시다.
deu.ra.ma.reul/bop.ssi.da

3. 去劇院吧。（극장：劇院）
극장에 갑시다.
geuk.jjang.e/gap.ssi.da

應用會話

A：우리 어디에 가요?
u.ri/o*.di.e/ga.yo
我們去哪裡？
B：다방에 갑시다.
da.bang.e/gap.ssi.da
去茶館吧。

A：우리 무엇을 먹어요?
u.ri/mu.o*.seul/mo*.go*.yo
我們吃什麼？
B：돌솥비빔밥을 먹읍시다.
dol.sot.bi.bim.ba.beul/mo*.geup.ssi.da
吃石鍋拌飯吧。

必備單字：建築／商店

학교 hak.gyo 學校	옷 가게 ot/ga.ge 服飾店	구두점 gu.du.jo*m 皮鞋店

보석점 bo.so*k.jjo*m 珠寶店	시계점 si.gye.jo*m 鐘錶店	과일가게 gwa.il.ga.ge 水果店
백화점 be*.kwa.jo*m 百貨公司	공항 gong.hang 機場	부두 bu.du 碼頭
도서관 do.so*.gwan 圖書館	노래방 no.re*.bang KTV	경찰서 gyo*ng.chal.sso* 警察局
우체국 u.che.guk 郵局	병원 byo*ng.won 醫院	약국 yak.guk 藥局
헬스클럽 hel.seu.keul.lo*p 健身房	운동장 un.dong.jan 運動場	지하도 ji.ha.do 地下道

033

여기에 앉으십시오.

yo*.gi.e/an.jeu.sip.ssi.o

請坐這裡。

輕鬆背單字

여기	yo*.gi	代	這裡
앉다	an.da	動	坐

輕鬆學文法

1. - 에

助詞，表示方向和目的地，相當於中文的「到」。

2. - (으)십시오

命令型，表示「請求」或「盼望」，接在動詞後方。當動詞語幹以母音結束時，就使用십시오；當動詞語幹以子音結束時，就要使用으십시오。否定型態是「~지　마십시오」。

舉一反三

1. **請下午三點來。**（오후：下午）

오후 3시에 오십시오.

o.hu/se.si.e/o.sip.ssi.o

2. 請簽名。（사인하다：簽名）

사인하십시오.

sa.in.ha.sip.ssi.o

3. 請給衛生紙。（휴지：衛生紙）

휴지를 주십시오.

hyu.ji.reul/jju.sip.ssi.o

應用會話

A：잠깐 기다리십시오.

jam.gan/gi.da.ri.sip.ssi.o

請稍等。

B：네.

ne

好的。

A：물 좀 주십시오.

mul/jom/ju.sip.ssi.o

請給我點水。

B：알겠습니다.

al.get.sseum.ni.da

好的。

必備單字：飲品

우유	요쿠르트	밀크쉐이크
u.yu	yo.ku.reu.teu	mil.keu.swe.i.keu
牛奶	養樂多	奶昔

핫코코아 hat.ko.ko.a 熱可可	사과주스 sa.gwa.ju.seu 蘋果汁	오렌지주스 o.ren.ji.ju.seu 柳橙汁
포도주스 po.do.ju.seu 葡萄汁	종합주스 jong.hap.ju.seu 綜合果汁	커피우유 ko*.pi.u.yu 咖啡牛奶
아이스커피 a.i.seu.ko*.pi 冰咖啡	카페라테 ka.pe.ra.te 咖啡拿鐵	블랙커피 beul.le*k.ko*.pi 黑咖啡
카푸치노 ka.pu.chi.no 卡布奇諾	녹차 nok.cha 綠茶	홍차 hong.cha 紅茶
밀크티 mil.keu.ti 奶茶	보리차 bo.ri.cha 麥茶	자스민차 ja.seu.min.cha 茉莉花茶
장미꽃차 jang.mi.got.cha 玫瑰茶	우롱차 u.rong.cha 烏龍茶	국화차 gu.kwa.cha 菊花茶

034

신문을 봤습니까?

sin.mu.neul/bwat.sseum.ni.ga

你看報紙了嗎？

輕鬆背單字

신문	sin.mun	名	報紙
보다	bo.da	動	看

輕鬆學文法

- 았/었/였　過去式

韓文句子的過去式句型，就是將「았/었/였」加在動詞、形容詞或이다的語幹後方。當語幹的母音是「ㅏ. ㅗ」時，就接았；如果語幹的母音不是「ㅏ. ㅗ」時，就接었；如果是하다類的動詞，就接였，兩者結合後會變成했。當이다前面的名詞是以母音結束，就接였；當이다前面的名詞是以子音結束，則接이었。

舉一反三

1. 昨天看電影了。（어제：昨天）

어제 영화를 봤습니다.

o*.je/yo*ng.hwa.reul/bwat.sseum.ni.da

2. 你午餐吃了嗎？（먹다：吃）

점심은 먹었어요?

jo*m.si.meun/mo*.go*.sso*.yo

3. 他去出差了。（출장：出差）
그가 출장을 갔습니다.
geu.ga/chul.jang.eul/gat.sseum.ni.da

應用會話

A：어제 무엇을 했어요?
o*.je/mu.o*.seul/he*.sso*.yo
昨天你做了什麼？
B：친구를 만났어요.
chin.gu.reul/man.na.sso*.yo
見了朋友。

A：오늘 무엇을 샀어요?
o.neul/mu.o*.seul/ssa.sso*.yo
今天買了什麼？
B：구두를 샀어요.
gu.du.reul/ssa.sso*.yo
買了皮鞋。

必備單字：鞋類

신발 sin.bal 鞋子	구두 gu.du 皮鞋	하이힐 ha.i.hil 高跟鞋
운동화 un.dong.hwa 運動鞋	슬리 seul.li.po* 拖鞋	샌들 se*n.deul 涼鞋

부츠 bu.cheu 靴子	롱부츠 rong.bu.cheu 長筒靴	헝겊신 ho*ng.go*p.ssin 布鞋
단화 dan.hwa 短筒鞋	굽 gup 鞋跟	구두밑창 gu.du.mit.chang 鞋底

必備單字：配件

손목시계 son.mok.ssi.gye 手錶	반지 ban.ji 戒指	귀걸이 gwi.go*.ri 耳環
목걸이 mok.go*.ri 項鍊	뱅글 be*ng.geul 手鐲	브로치 beu.ro.chi 胸針
넥타이빈 nek.ta.i.bin 領帶夾	펜던트 pen.do*n.teu 鍊墜	액세서리 e*k.sse.so*.ri 飾品

035

오늘 회사에 안 가요.
o.neul/hwe.sa.e/an/ga.yo
今天不去上班。

輕鬆背單字

오늘	o.neul	名	今天
회사	hwe.sa	名	公司

輕鬆學文法

- 안

為副詞，加在動詞或形容詞的前方，使用在否定動作或狀態的句型中，相當於中文的「不…」。當「안」加在動詞前方時，表示不管能力或外在因素為何，都不願去做某事。

舉一反三

1. **今天不喝酒。**（술：酒）
   오늘 술을 안 마셔요.
   o.neul/ssu.reul/an/ma.syo*.yo

2. **我不喜歡喝牛奶。**（우유：牛奶）
   나는 우유를 안 좋아해요.
   na.neun/u.yu.reul/an/jo.a.he*.yo

3. 昨天沒見爸媽。（부모님：爸媽）
어제 부모님을 안 만났어요.
o*.je/bu.mo.ni.meul/an/man.na.sso*.yo

應用會話

A : 왜 오늘 학교에 안 왔어요?
we*/o.neul/hak.gyo.e/an/wa.sso*.yo
你為什麼今天沒來學校。
B : 나는 감기에 걸렸어요.
na.neun/gam.gi.e/go*l.lyo*.sso*.yo
我感冒了。

A : 내일 우리 집에 옵니까?
ne*.il/u.ri/ji.be/om.ni.ga
明天要來我家嗎？
B : 아니요, 안 갑니다.
a.ni.yo//an/gam.ni.da
不，不去。

必備單字：疾病

감기 gam.gi 感冒	열나다 yo*l.la.da 發燒	두통 du.tong 頭痛
기침 gi.chim 咳嗽	콧물 kon.mul 鼻水	설사 so*l.sa 腹瀉

변비 byo*n.bi 便秘	고혈압 go.hyo*.rap 高血壓	당뇨병 dang.nyo.byo*ng 糖尿病
빈혈 bin.hyo*l 貧血	피부병 pi.bu.byo*ng 皮膚炎	골절 gol.jo*l 骨折
충치 chung.chi 蛀牙	소화불량 so.hwa.bul.lyang 消化不良	심장병 sim.jang.byo*ng 心臟病
식중독 sik.jjung.dok 食物中毒	암 am 癌症	근시 geun.si 近視

아침을 아직 먹지 않았어요.

a.chi.meul/a.jik/mo*k.jji/a.na.sso*.yo

我還沒吃早餐。

輕鬆背單字

아침	a.chim	名	早餐／早上
아직	a.jik	副	還／尚

輕鬆學文法

1. - 지 않다

否定形也可以使用「～지　않다」，加在動詞或形容詞語幹後方，其意義和「안」相同。

2. - 았/었/였　過去式

加在動詞、形容詞或이다的語幹後方。當語幹的母音是「ㅏ. ㅗ」時，就接았；如果語幹的母音不是「ㅏ. ㅗ」時，就接었；如果是하다類的動詞，就接였，兩者結合後會變成했。

舉一反三

1. **我不打掃。**（청소하다：打掃）
   나는 청소하지 않아요.
   na.neun/cho*ng.so.ha.ji/a.na.yo

2. 我沒去考試。（시험을 보다：考試）
저는 시험을 보지 않습니다.
jo*.neun/si.ho*.meul/bo.ji/an.sseum.ni.da

3. 我不愛他。（사랑하다：愛）
나는 그를 사랑하지 않습니다.
na.neun/geu.reul/ssa.rang.ha.ji/an.sseum.ni.da

應用會話

A：강아지 좋아해요?
gang.a.ji/jo.a.he*.yo
你喜歡小狗嗎？
B：아니요, 좋아하지 않아요.
a.ni.yo//jo.a.ha.ji/a.na.yo
不，不喜歡。

A：공부했어요?
gong.bu.he*.sso*.yo
讀書了嗎？
B：아직 공부하지 않았어요.
a.jik/gong.bu.ha.ji/a.na.sso*.yo
還沒讀書。

必備單字：家事

빨래하다 bal.le*.ha.da 洗衣服	옷을 다리다 o.seul/da.ri.da 燙衣服	설거지하다 so*l.go*.ji.ha.da 洗碗

마루를 닦다 ma.ru.reul/dak.da 擦地板	방을 치우다 bang.eul/chi.u.da 收拾房間	책상을 닦다 che*k.ssang.eul/dak.da 擦桌子
쓰레기를 버리다 sseu.re.gi.reul bo*.ri.da 丟垃圾	옷을 개다 o.seul/ge*.da 疊衣服	빨래를 널다 bal.le*.reul/no*l.da 晾衣服
빨래를 걷다 bal.le*.reul/go*t.da 收衣服	정리하다 jo*ng.ni.ha.da 整理	청소하다 cho*ng.so.ha.da 打掃

037

신용카드가 있습니까?
si.nyong.ka.deu.ga/it.sseum.ni.ga
有信用卡嗎？

輕鬆背單字

신용카드	si.nyong.ka.deu	名	信用卡
있다	it.da	形	有／在

輕鬆學文法

–이/가 있다/없다
接在名詞後方，表示事物的存在與否，相當於中文的「有／沒有…」。有尾音的名詞接「-이 있다/없다」；沒有尾音的名詞接「-가 있다/없다」。

舉一反三

1. **有錢嗎？**（돈：錢）
   돈이 있습니까?
   do.ni/it.sseum.ni.ga

2. **沒有水。**（물：水）
   물이 없습니다.
   mu.ri/o*p.sseum.ni.da

3. **有哥哥嗎？**（오빠：哥哥）
   오빠가 있습니까?
   o.ba.ga/it.sseum.ni.ga

應用會話

A：여동생이 있어요?
yo*.dong.se*ng.i/i.sso*.yo
有妹妹嗎？

B：네, 있어요.
ne//i.sso*.yo
是的，有。

A：누가 있습니까?
nu.ga/it.sseum.ni.ga
有誰在？

B：장나라 씨가 있습니다.
jang.na.ra/ssi.ga/it.sseum.ni.da
有張娜拉在。

必備單字：日常用品

거울 go*.ul 鏡子	우산 u.san 雨傘	휴지통 hyu.ji.tong 垃圾桶
손전등 son.jo*n.deung 手電筒	체중계 che.jung.gye 體重計	라이터 ra.i.to* 打火機
화분 hwa.bun 花盆	액자 e*k.jja 相框	달력 dal.lyo*k 日曆

자명종 ja.myo*ng.jong 鬧鐘	꽃병 got.byo*ng 花瓶	방석 bang.so*k 坐墊
재털이 je*.to*.ri 菸灰缸	온도계 on.do.gye 溫度計	빗 bit 梳子
벽시계 byo*k.ssi.gye 壁鐘	손톱깍기 son.top.gak.gi 指甲刀	공구 gong.gu 工具

038

이 옷은 사만오천원입니다.

i/o.seun/sa.ma.no.cho*.nwo.nim.ni.da

這件衣服四萬五千韓元。

輕鬆背單字

이	i	冠	這
옷	ot	名	衣服

輕鬆學文法

- 이/그/저

為冠詞，「이」用來修飾後面的名詞，表示離話者較近的事物，相當於中文的「這（個）…」；「그」指離聽話者較近的事物，或話者和聽者都知道的事物，相當於中文的「那（個）…」；「저」指離話者和聽者都較遠的事物。

舉一反三

1. **這個是什麼？**（이것：這個）
   이것은 뭐예요?
   i.go*.seun/mwo.ye.yo

2. **那個人是誰？**（그 분：那個人／那位）
   그 분은 누구예요?
   geu/bu.neun/nu.gu.ye.yo

3. 那棟建築物是火車站。（기차역：火車站）
저 건물이 기차역입니다.
jo*/go*n.mu.ri/gi.cha.yo*.gim.ni.da

應用會話

A：저 사람이 최지우 씨입니까?
jo*/sa.ra.mi/chwe.ji.u/ssi.im.ni.ga
那個人是崔智友嗎？
B：네, 맞습니다.
ne//mat.sseum.ni.da
是的，沒錯。

A：그 하이힐이 얼마예요?
geu/ha.i.hi.ri/o*l.ma.ye.yo
那雙高跟鞋多少錢？
B：5만4천원이에요.
o.man.sa.cho*.nwo.ni.e.yo
五萬四千韓元。

必備單字：漢字音數字

일 il 一	이 i 二	삼 sam 三
사 sa 四	오 o 五	육 yuk 六

칠 chil 七	팔 pal 八	구 gu 九
십 sip 十	백 be*k 百	천 cho*n 千
만 man 萬	십만 sim.man 十萬	백만 be*ng.man 百萬
천만 cho*n.man 千萬	억 o*k 億	일억 i.ro*k 一億
조 jo 兆	공 gong 零	제로 je.ro 零

039

귤 다섯 개 먹었습니다.
gyul/da.so*t/ge*/mo*.go*t.sseum.ni.da
吃了五個橘子。

輕鬆背單字

귤	gyul	名	橘子
개	ge*	量	個（表示東西的數量）

輕鬆學文法

表示事物數量的名詞，稱為「量詞」。例如개(個)，장(張)，잔(杯)，벌(件)等。하나(一)，둘(二)，셋(三)，넷(四)，스물(二十)和量詞連用時，會分別變成한，두，세，네，스무的型態。舉例如下
커피 한 잔（一杯咖啡）
고양이 두 마리（兩隻貓）
책 세 권（三本書）
소주 네 병（四瓶燒酒）

舉一反三

1. 買了兩雙鞋子。（켤레：雙）
신발 두 켤레를 샀어요.
sin.bal/du/kyo*l.le.reul/ssa.sso*.yo

2. 我二十歲。（살：歲）
저는 스무 살입니다.
jo*.neun/seu.mu/sa.rim.ni.da

3. 請給我兩碗飯。（그릇：碗）
밥 두 그릇 주십시오.
bap/du/geu.reut/ju.sip.ssi.o

應用會話

A：책 몇 권을 샀어요?
che*k/myo*t/gwo.neul/ssa.sso*.yo
買了幾本書？
B：책 세 권을 샀어요.
che*k/se/gwo.neul/ssa.sso*.yo
買了三本書。

A：나이가 어떻게 돼요?
na.i.ga/o*.do*.ke/dwe*.yo
你幾歲？
B：저는 스물세 살이에요.
jo*.neun/seu.mul.se/sa.ri.e.yo
我二十三歲。

必備單字：韓國固有數字

하나 ha.na 一	둘 dul 二	셋 set 三
넷 net 四	다섯 da.so*t 五	여섯 yo*.so*t 六

일곱 il.gop 七	여덟 yo*.do*l 八	아홉 a.hop 九
열 yo*l 十	열한 yo*l.han 十一	열두 yo*l.du 十二

必備單字：常用量詞

갑 gap 盒	개 ge* 個	권 gwon 本
그루 geu.ru 棵	그릇 geu.reut 碗	근 geun 斤
다발 da.bal 束	대 de* 輛	분／명 bun//myo*ng 位／個人
병 byo*ng 瓶	벌 bo*l 件	송이 song.i 朵

이건 김미연 씨의 펜이에요?

i.go*n/gim.mi.yo*n/ssi.ui/pe.ni.e.yo

這是金美妍的筆嗎？

輕鬆背單字

씨	ssi	接	先生／小姐（尊稱）
펜	pen	名	鋼筆／原子筆

輕鬆學文法

1.在口語中，이것은可簡略為「이건」。

2. - 의

接在名詞、代名詞後方，表示所屬關係，相當於中文的「的」。當나，저和의一起使用時，常簡略為「내」和「제」的型態。口語中，「의」經常被省略。

舉一反三

1. **這是誰的書？**（책：書）

이것은 누구(의) 책이에요?

i.go*.seun/nu.gu.ui/che*.gi.e.yo

2. **那是爸爸的眼鏡。**（안경：眼鏡）

그건 아버지의 안경이에요.

geu.go*n/a.bo*.ji.ui/an.gyo*ng.i.e.yo

3. 這是老師的教科書嗎？（교과서：教科書）
이건 선생님의 교과서예요?
i.go*n/so*n.se*ng.ni.mui/gyo.gwa.so*.ye.yo

應用會話

A：이름이 뭐예요?
i.reu.mi/mwo.ye.yo
你叫什麼名字？
B：제 이름은 이민호입니다.
je/i.reu.meun/i.min.ho.im.ni.da
我的名字是李敏浩。

A：이건 수영 씨의 핸드폰이에요?
i.go*n/su.yo*ng/ssi.ui/he*n.deu.po.ni.e.yo
這是秀英的手機嗎？
B：아니요, 그건 내 핸드폰이에요.
a.ni.yo//geu.go*n/ne*/he*n.deu.po.ni.e.yo
不是，那是我的手機。

必備單字：文具

볼펜 bol.pen 圓珠筆	연필 yo*n.pil 鉛筆	필통 pil.tong 鉛筆盒
만년필 man.nyo*n.pil 鋼筆	일기장 il.gi.jang 日記本	공책 gong.che*k 筆記本

수정액 su.jo*ng.e*k 修正液	명함철 myo*ng.ham.cho*l 名片簿	호치키스 ho.chi.ki.seu 釘書機
각도기 gak.do.gi 量角器	종이 jong.i 紙	파일철 pa.il.cho*l 文件夾
색연필 se*ng.nyo*n.pil 色鉛筆	클립 keul.lip 迴紋針	가위 ga.wi 剪刀
풀 pul 膠水	지우개 ji.u.ge* 橡皮擦	컴퍼스 ko*m.po*.seu 圓規
샤프펜 sya.peu.pen 自動鉛筆	샤프심 sya.peu.sim 筆芯	메모지 me.mo.ji 便條紙

041

같이 영화를 보고 싶어요.

ga.chi/yo*ng.hwa.reul/bo.go/si.po*.yo

我想和你一起看電影。

輕鬆背單字

같이	ga.chi	副	一起／一塊
영화	yo*ng.hwa	名	電影

輕鬆學文法

1. - 을/를

目的格助詞，接在名詞後方，表示該名詞為動作或作用的對象。如果名詞以母音結束，就加를；如果名詞以子音結束，則加을。

2. - 고 싶다

接在動詞語幹後方，表示談話者的希望、願望，相當於中文的「想要…」。此句型只能使用在主語是第一人稱（나、저）或第二人稱（당신、너）時，第三人稱（그、그녀）必須使用「－고 싶어하다」。

舉一反三

1. 你想去旅行嗎？（여행：旅行）

여행을 가고 싶어요?

yo*.he*ng.eul/ga.go/si.po*.yo

2. **我想見女朋友。**（여자친구：女朋友）
여자친구를 만나고 싶어요.
yo*.ja.chin.gu.reul/man.na.go/si.po*.yo

3. **我想吃壽司。**（초밥：壽司）
초밥을 먹고 싶어요.
cho.ba.beul/mo*k.go/si.po*.yo

應用會話

A：미술관에 가고 싶어요. 같이 갑시다.
mi.sul.gwa.ne/ga.go/si.po*.yo//ga.chi/gap.ssi.da
我想去美術館，一起去吧。
B：좋아요.
jo.a.yo
好啊！

A：우리 햄버거를 먹읍시다.
u.ri/he*m.bo*.go*.reul/mo*.geup.ssi.da
我們吃漢堡吧。
B：나는 햄버거를 먹고 싶지 않아요.
na.neun/he*m.bo*.go*.reul/mo*k.go/sip.jji/a.na.yo
我不想吃漢堡。

必備單字：速食店

햄버거 he*m.bo*.go* 漢堡	프렌치프라이 peu.ren.chi.peu.ra.i 薯條	핫도그 hat.do.geu 熱狗

피자 pi.ja 披薩	치킨 chi.kin 炸雞	콜라 kol.la 可樂
아이스크림 a.i.seu.keu.rim 冰淇淋	샐러드 se*l.lo*.deu 沙拉	스프라이트 seu.peu.ra.i.teu 雪碧
사이다 sa.i.da 汽水	환타 hwan.ta 芬達	펩시콜라 pep.ssi.kol.la 百事可樂

042

무슨 음악을 듣고 싶어요?
mu.seun/eu.ma.geul/deut.go/si.po*.yo
你想聽什麼音樂？

輕鬆背單字

무슨	mu.seun	冠	什麼
음악	eu.mak	名	音樂

輕鬆學文法

1..무슨
放在名詞前方，用來詢問對方某一限定名詞的種類或屬性。

2. - 고 싶다
接在動詞語幹後方，表示談話者的希望、願望，相當於中文的「想要…」。此句型只能使用在主語是第一人稱（나、저）或第二人稱（당신、너）時，第三人稱（그、그녀）必須使用「－고 싶어하다」。

舉一反三

1. 喜歡什麼運動？（운동：運動）
무슨 운동을 좋아해요?
mu.seun/un.dong.eul/jjo.a.he*.yo

2. 父親做什麼工作？（일：工作）
아버님은 무슨 일을 합니까?
a.bo*.ni.meun/mu.seun/i.reul/ham.ni.ga

3. 買了什麼書？（책：書）
무슨 책을 샀어요?
mu.seun/che*.geul/ssa.sso*.yo

應用會話

A：지금 무슨 영화를 봐요?
ji.geum/mu.seun/yo*ng.hwa.reul/bwa.yo
現在在看什麼電影？
B：액션 영화를 봐요.
e*k.ssyo*n/yo*ng.hwa.reul/bwa.yo
看動作片。

A：오늘 무슨 일이 있어요?
o.neul/mu.seun/i.ri/i.sso*.yo
今天有什麼事嗎？
B：오늘 친구의 생일 파티가 있어요.
o.neul/chin.gu.ui/se*ng.il/pa.ti.ga/i.sso*.yo
今天有朋友的生日派對。

必備單字：電影種類

공포 영화 gong.po/yo*ng.hwa 恐怖電影	전쟁 영화 jo*n.je*ng/yo*ng.hwa 戰爭電影	액션 영화 e*k.ssyo*n/yo*ng.hwa 動作電影

멜로 영화 mel.lo/yo*ng.hwa 愛情電影	애니메이션 e*.ni.me.i.syo*n 動畫片	판타지 영화 pan.ta.ji/yo*ng.hwa 奇幻電影
무협 영화 mu.hyo*p/yo*ng.hwa 武俠電影	코믹영화 ko.mi.gyo*ng.hwa 喜劇片	추리극 chu.ri.geuk 推理片
시대극 si.de*.geuk 古裝劇	현대극 hyo*n.de*.geuk 現代劇	영화관 yo*ng.hwa.gwan 電影院

어느 나라 사람이에요?

o*.neu/na.ra/sa.ra.mi.e.yo

你是哪國人？

輕鬆背單字

어느	o*.neu	冠	那個
나라	na.ra	名	國家

輕鬆學文法

1. - 어느

放在名詞前方，用來要求對方指出是同類事物中的哪一個，相當於中文的「哪一／哪個」。

2. - 아/어요

為對聽話者表示尊敬的終結語尾，아/어요遇到이다時，就要變成「예요」或「이에요」。當이다前面的名詞是以母音結束，就接예요；當이다前面的名詞是以子音結束，則接이에요。

舉一反三

1. **你喜歡哪個季節？**（계절：季節）

어느 계절을 좋아해요?

o*.neu/gye.jo*.reul/jjo.a.he*.yo

2. 你要選哪一個？（선택하다：選擇）
어느 것을 선택해요?
o*.neu/go*.seul/sso*n.te*.ke*.yo

3. 要在哪個出口見面？（출구：出口）
어느 출구에서 만나요?
o*.neu/chul.gu.e.so*/man.na.yo

應用會話

A：어느 것을 먹어요?
o*.neu/go*.seul/mo*.go*.yo
你要吃哪一個？
B：이것을 주세요.
i.go*.seul/jju.se.yo
請給我這個。

A：집이 어느 쪽이에요?
ji.bi/o*.neu/jjo.gi.e.yo
家在哪個方向？
B：저쪽이에요.
jo*.jjo.gi.e.yo
在那個方向。

必備單字：方向

북 buk 北	남 nam 南	동 dong 東

서 so* 西	위 wi 上	아래 a.re* 下
왼쪽 wen.jjok 左	오른쪽 o.reun.jjok 右	앞 ap 前
뒤 dwi 後	안 an 內	밖 bak 外
여기 yo*.gi 這裡	거기 go*.gi 那裡（近稱）	저기 jo*.gi 那裡（遠稱）
옆 yo*p 旁邊	중간 jung.gan 中間	대각선쪽 de*.gak.sso*n.jjok 對角線
이쪽 i.jjok 這邊	저쪽 jo*.jjok 那邊	방향 bang.hyang 方向

친구를 만나러 가요.

chin.gu.reul/man.na.ro*/ga.yo

去見朋友。

輕鬆背單字

친구	chin.gu	名	朋友
만나다	man.na.da	動	見面／遇見

輕鬆學文法

- (으)러

接在動詞後方，表示移動的目的，後面通常會跟移動的動詞（가다、오다、다니다、나가다、나오다、들어가다、들어오다等）一起使用。相當於中文的「去…做某事／來…做某事」。當動詞語幹以母音或ㄹ結束時，就使用러；當動詞語幹以子音結束時，就要使用으러。

舉一反三

1. 來學韓語。（배우다：學習）
   한국어를 배우러 왔어요.
   han.gu.go*.reul/be*.u.ro*/wa.sso*.yo

2. 你來這裡做什麼？（여기：這裡）
   뭘 하러 여기에 왔어요?
   mwol/ha.ro*/yo*.gi.e/wa.sso*.yo

3. 去書局買雜誌。（잡지：雜誌）
잡지를 사러 서점에 가요.
jap.jji.reul/ssa.ro*/so*.jo*.me/ga.yo

應用會話

A：우리 쇼핑하러 갑시다.
u.ri/syo.ping.ha.ro*/gap.ssi.da
我們去購物吧。
B：좋아요.
jo.a.yo
好啊！

A：여기에 왜 왔어요?
yo*.gi.e/we*/wa.sso*.yo
為什麼來這裡？
B：준수 씨를 만나러 왔어요.
jun.su/ssi.reul/man.na.ro*/wa.sso*.yo
我是來見俊秀的。

必備單字：購物相關

면세점 myo*n.se.jo*m 免稅店	상점가 sang.jo*m.ga 商店街	도매점 do.me*.jo*m 批發商店
소매점 so.me*.jo*m 零售商店	양품점 yang.pum.jo*m 進口商品店	계산대 gye.san.de* 結帳處

영업 yo*ng.o*p 營業	폐점 pye.jo*m 打烊	쇼핑 카트 syo.ping/ka.teu 購物車
쇼핑 바구니 syo.ping/ba.gu.ni 購物籃	비닐 봉지 bi.nil/bong.ji 塑膠袋	쇼핑백 syo.ping.be*k 購物袋
바코드 ba.ko.deu 商品條碼	특가 teuk.ga.pum 特價品	신제품 sin.je.pum 新製品
국산품 guk.ssan.pum 國貨	재고품 je*.go.pum 庫存貨	샘플 se*m.peul 樣品
브랜드 beu.re*n.deu 品牌	상품권 sang.pum.gwon 商品	가격 ga.gyo*k 價格
판매가 pan.me*.ga 銷售價	할인 ha.rin 打折	세일 기간 se.il/gi.gan 特價期間
쿠폰 ku.pon 禮卷	특가 teuk.ga 特價	무료 mu.ryo 免費

반값 ban.gap 半價	최저 가격 chwe.jo*/ga.gyo*k 最低價格	사이즈 sa.i.jeu 尺寸
길이 gi.ri 長度	크기 keu.gi 大小	대 de* 大
중 jung 中	소 so 小	특대 teuk.de* 特大

045

노래를 부르고 있어요.

no.re*.reul/bu.reu.go/i.sso*.yo

在唱歌。

輕鬆背單字

노래	no.re*	名	歌
부르다	bu.reu.da	動	唱（歌）

輕鬆學文法

1. - 을/를

目的格助詞，接在名詞後方，表示該名詞為動作或作用的對象。如果名詞以母音結束，就加를；如果名詞以子音結束，則加을。

2. - 고 있다　現在進行式

加在動詞語幹後方，表示某一動作的進行或持續，相當於中文的「正在…」。

舉一反三

1. **在看書。**（읽다：念／讀）
   책을 읽고 있어요.
   che*.geul/il.go/i.sso*.yo

2. **在用餐。**
   식사를 하고 있어요.
   sik.ssa.reul/ha.go/i.sso*.yo

3. 在洗澡。（샤워하다：洗澡／淋浴）
샤워하고 있어요.
sya.wo.ha.go/i.sso*.yo

應用會話

A：준수 씨는 지금 뭘 하고 있습니까?
jun.su/ssi.neun/ji.geum/mwol/ha.go/it.sseum.ni.ga
俊秀你現在在做什麼？
B：텔레비전을 보고 있습니다.
tel.le.bi.jo*.neul/bo.go/it.sseum.ni.da
在看電視。

A：방금 뭘 했어요?
bang.geum/mwol/he*.sso*.yo
你剛才在做什麼？
B：청소하고 있었어요.
cho*ng.so.ha.go/i.sso*.sso*.yo
在打掃。

必備單字：電器

텔레비전 tel.le.bi.jo*n 電視機	에어컨 e.o*.ko*n 冷氣	세탁기 se.tak.gi 洗衣機
냉장고 ne*ng.jang.go 電冰箱	선풍기 so*n.pung.gi 電扇	청소기 cho*ng.so.gi 吸塵器

전기밥통 jo*n.gi.bap.tong 電飯鍋	가스레인지 ga.seu.re.in.ji 瓦斯爐	건조기 go*n.jo.gi 烘乾機
전자 레인지 jo*n.ja/re.in.ji 微波爐	오븐 o.beun 烤箱	드라이어 deu.ra.i.o* 吹風機
전기난로 jo*n.gi.nal.lo 電暖爐	다리미 da.ri.mi 熨斗	스탠드 seu.te*n.deu 檯燈

046

동생이 형보다 키가 큽니다.

dong.se*ng.i/hyo*ng.bo.da/ki.ga/keum.ni.da

弟弟比哥哥個子高。

輕鬆背單字

동생	dong.se*ng	名	弟弟／妹妹
형	hyo*ng	名	哥哥（弟稱呼兄時）

輕鬆學文法

1. - 보다

助詞，放在名詞後方，表示比較的對象。

2.키가 크다（個子高）／키가 작다（個子矮）

舉一反三

1. **這裡比首爾冷。**（서울：首爾）

여기가 서울보다 춥습니다.

yo*.gi.ga/so*.ul.bo.da/chup.sseum.ni.da

2. **妹妹比姊姊漂亮。**（언니：姊姊）

동생이 언니보다 예쁩니다.

dong.se*ng.i/o*n.ni.bo.da/ye.beum.ni.da

3. **今天比昨天熱。**（덥다：熱）

오늘이 어제보다 덥습니다.

o.neu.ri/o*.je.bo.da/do*p.sseum.ni.da

應用會話

A : 대만의 여름 날씨는 어떻습니까?
de*.ma.nui/yo*.reum/nal.ssi.neun/o*.do*.sseum.ni.ga
台灣的夏天天氣怎麼樣？

B : 한국보다 많이 덥습니다.
han.guk.bo.da/ma.ni/do*p.sseum.ni.da
比韓國熱得多。

A : 돼지고기를 좋아합니까?
dwe*.ji.go.gi.reul/jjo.a.ham.ni.ga
你喜歡吃豬肉嗎？

B : 돼지고기보다는 소고기를 더 좋아합니다.
dwe*.ji.go.gi.bo.da.neun/so.go.gi.reul/do*/jo.a.ham.ni.da
和豬肉比起來我更喜歡牛肉。

必備單字：肉類

돼지고기 dwe*.ji.go.gi 豬肉	양고기 yang.go.gi 羊肉	오리고기 o.ri.go.gi 鴨肉
닭고기 dal.go.gi 雞肉	소고기 so.go.gi 牛肉	거위고기 go*.wi.go.gi 鵝肉

소시지 so.si.ji 香腸	베이컨 be.i.ko*n 培根	등심 deung.sim 里脊
햄 he*m 火腿	갈비 gal.bi 排骨	삼겹살 sam.gyo*p.ssal 五花肉
족발 jok.bal 豬腳	가슴살 ga.seum.sal 雞胸肉	계란 gye.ran 雞蛋
살코기 sal.ko.gi 瘦肉	닭날개 dang.nal.ge* 雞翅	오리알 o.ri.al 鴨蛋
닭다리 dak.da.ri 雞腳	닭발 dak.bal 雞爪	닭껍질 dak.go*p.jjil 雞皮

어떤 사람을 좋아해요?
o*.do*n/sa.ra.meul/jjo.a.he*.yo
你喜歡什麼樣的人？

輕鬆背單字

어떤	o*.do*n	冠	什麼樣的
사람	sa.ram	名	人

輕鬆學文法

1. - 어떤
冠詞어떤放在名詞前方，用來限定名詞的屬性。相當於中文的「什麼樣的」。

2. - 을/를
目的格助詞，接在名詞後方，表示該名詞為動作或作用的對象。如果名詞以母音結束，就加를；如果名詞以子音結束，則加을。

舉一反三

1. **您想找什麼樣的東西？**（찾다：找）
어떤 것을 찾으세요?
o*.do*n/go*.seul/cha.jeu.se.yo

2. **你想和什麼樣的男生交往？**（사귀다：交往）
어떤 남자를 사귀고 싶어요?
o*.do*n/nam.ja.reul/ssa.gwi.go/si.po*.yo

3. **你喜歡什麼味道？**（맛：味道）

어떤 맛을 좋아해요?

o*.do*n/ma.seul/jjo.a.he*.yo

應用會話

A：김선생님은 어떤 사람이에요?

gim.so*n.se*ng.ni.meun/o*.do*n/sa.ra.mi.e.yo

金老師是什麼樣的人？

B：아주 정직한 사람입니다.

a.ju/jo*ng.ji.kan/sa.ra.mim.ni.da

是很正直的人。

A：어떤 종류의 음악을 좋아해요?

o*.do*n/jong.nyu.ui/eu.ma.geul/jjo.a.he*.yo

你喜歡什麼種類的音樂？

B：슬픈 음악을 좋아해요.

seul.peun/eu.ma.geul/jjo.a.he*.yo

我喜歡悲傷的音樂。

必備單字：個性

내성적이다 ne*.so*ng.jo*.gi.da 內向	소심하다 so.sim.ha.da 小心謹慎	적극적이다 jo*k.geuk.jjo*.gi.da 積極
외향적이다 we.hyang.jo*.gi.da 外向	수다스럽다 su.da.seu.ro*p.da 愛說話	명랑하다 myo*ng.nang.ha.da 開朗

부지런하다 bu.ji.ro*n.ha.da 勤快	친절하다 chin.jo*l.ha.da 親切	솔직하다 sol.jji.ka.da 坦率
용감하다 yong.gam.ha.da 勇敢	성실하다 so*ng.sil.ha.da 誠實	정직하다 jo*ng.ji.ka.da 正直
고집스럽다 go.jip.sseu.ro*p.da 固執	이기적이다 i.gi.jo*.gi.da 自私	겁이 많다 go*.bi/man.ta 膽小
무뚝뚝하다 mu.duk.du.ka.da 冷漠	게으르다 ge.eu.reu.da 懶惰	거만하다 go*.man.ha.da 驕傲

048

오늘 날씨가 너무 춥지요?

o.neul/nal.ssi.ga/no*.mu/chup.jji.yo

今天天氣很冷吧？

輕鬆背單字

날씨	nal.ssi	名	天氣
너무	no*.mu	副	很、非常

輕鬆學文法

1. - 이/가

為主格助詞，加在名詞後方，該名詞則為句子的主詞。如果名詞以母音結束，就加가；如果名詞以子音結束，則加이。

2. - 지요?

為疑問式終結語尾，表示說話者為了向聽話者確認雙方（可能）已經知道的事實內容。可縮寫成「죠?」。

舉一反三

1. **那件事你聽說了吧？**（얘기：故事）
   그 얘기 들었지요?
   geu/ye*.gi/deu.ro*t.jji.yo

2. **你爸爸是公務員吧？**（공무원：公務員）
   아버님이 공무원이시지요?
   a.bo*.ni.mi/gong.mu.wo.ni.si.ji.yo

3. 泡菜很辣吧？（김치：泡菜）
김치가 맵지요?
gim.chi.ga/me*p.jji.yo

應用會話

A：이따가 회의가 있지요?
i.da.ga/hwe.ui.ga/it.jji.yo
等一下要開會吧？
B：네, 있어요.
ne//i.sso*.yo
對，要開會。

A：그는 집에 돌아갔지요?
geu.neun/ji.be/do.ra.gat.jji.yo
他回家了吧？
B：아니요, 아직 안 돌아갔어요.
a.ni.yo//a.jik/an/do.ra.ga.sso*.yo
不，他還沒回家。

必備單字：房屋構造

거실 go*.sil 客廳	방 bang 房間	서재 so*.je* 書房
욕실 yok.ssil 浴室	부엌 bu.o*k 廚房	침실 chim.sil 寢室

화장실 hwa.jang.sil 廁所	계단 gye.dan 樓梯	윗층 wit.cheung 樓上
베란다 be.ran.da 陽臺	현관 hyo*n.gwan 門口	아래층 a.re*.cheung 樓下
뜰 deul 院子	지붕 ji.bung 屋頂	마루 ma.ru 地板
천장 cho*n.jang 天花板	기둥 gi.dung 柱子	창문 chang.mun 窗戶

049

여기 앉으세요.
yo*.gi/an.jeu.se.yo
請坐這裡。

輕鬆背單字

여기	yo*.gi	代	這裡／此處
앉다	an.da	動	坐

輕鬆學文法

- (으)세요

接在動詞後方，表示有禮貌地請求對方做某事，可以用於祈使句表達命令。相當於中文的「請你…」。當動詞語幹以母音結束時，就使用세요；當動詞語幹以子音結束時，就要使用으세요。

舉一反三

1. **請看那裡。**（저기：那邊）
저기를 좀 보세요.
jo*.gi.reul/jjom/bo.se.yo

2. **請再忍耐一下。**（참다：忍耐）
조금만 더 참으세요.
jo.geum.man/do*/cha.meu.se.yo

3. **請多運動。**（많이：多）
운동을 많이 하세요.
un.dong.eul/ma.ni/ha.se.yo

應用會話

A：그 책을 좀 갖다 주세요.
geu/che*.geul/jjom/gat.da/ju.se.yo
請把那本書拿給我。

B：어느 책이에요?
o*.neu/che*.gi.e.yo
哪一本書？

A：전 내일 몇 시에 와요?
jo*n/ne*.il/myo*t/si.e/wa.yo
我明天幾點來？

B：오후 3시에 오세요.
o.hu/se.si.e/o.se.yo
請你下午三點來。

必備單字：運動

등산 deung.san 登山	조깅 jo.ging 慢跑	사이클링 sa.i.keul.ling 騎自行車
수영 su.yo*ng 游泳	체조 che.jo 體操	보디 빌딩 bo.di/bil.ding 健身運動
승마 seung.ma 騎馬	양궁 yang.gung 射箭	등산 deung.san 登山

검도 go*m.do 劍道	펜싱 pen.sing 擊劍	스케이팅 seu.ke.i.ting 溜冰
하이킹 ha.i.king 遠足	스키 seu.ki 滑雪	철봉 cho*l.bong 單槓
경보 gyo*ng.bo 競走	무술 mu.sul 武術	공수도 gong.su.do 空手道
씨름 ssi.reum 摔跤	합기도 hap.gi.do 合氣道	태권도 te*.gwon.do 跆拳道
태극권 te*.geuk.gwon 太極拳	유도 yu.do 柔道	복싱 bok.ssing 拳擊

050

내일 지각하지 마세요.

ne*.il/ji.ga.ka.ji/ma.se.yo

明天請別遲到。

輕鬆背單字

내일	ne*.il	名	明天
지각하다	ji.ga.ka.da	動	遲到

輕鬆學文法

- 지 마세요

為命令句型，「－지　마세요」是「(으)세요」的否定用法，由表否定的「지　말다」和「(으)세요」組合而成。接在動詞語幹後方，表示有禮貌地請求對方不要做某事。

舉一反三

1. **別看那封信。**（편지：信）
그 편지를 보지 마세요.
geu/pyo*n.ji.reul/bo.ji/ma.se.yo

2. **別跟其他人說。**（다른 사람：其他人）
다른 사람에게 말하지 마세요.
da.reun/sa.ra.me.ge/mal.ha.jji/ma.se.yo

3. **請不要喝酒。**（술：酒）
술을 마시지 마세요.
su.reul/ma.si.ji/ma.se.yo

應用會話

A：난 감기에 걸렸어요.
nan/gam.gi.e/go*l.lyo*.sso*.yo
我感冒了。
B：그럼 밤을 새우지 마세요.
geu.ro*m/ba.meul/sse*.u.ji/ma.se.yo
那就不要熬夜。

A：요즘 다이어트를 해요.
yo.jeum/da.i.o*.teu.reul/he*.yo
最近在減肥。
B：그럼 너무 많이 먹지 마세요.
geu.ro*m/no*.mu/ma.ni/mo*k.jji/ma.se.yo
那就不要吃太多。

必備單字：蔬菜

미나리 mi.na.ri 芹菜	산나물 san.na.mul 野菜	배추 be*.chu 白菜
시금치 si.geum.chi 菠菜	청경채 cho*ng.gyo*ng.che* 青江菜	양배추 yang.be*.chu 高麗菜
가지 ga.ji 茄子	오이 o.i 小黃瓜	고추 go.chu 辣椒

호박 ho.bak 南瓜	양파 yang.pa 洋蔥	피망 pi.mang 青椒
감자 gam.ja 馬鈴薯	옥수수 ok.ssu.su 玉米	무 mu 蘿蔔
상추 sang.chu 生菜	송이 song.i 香菇	당근 dang.geun 紅蘿蔔

일요일은 집에 있을 거예요.

i.ryo.i.reun/ji.be/i.sseul/go*.ye.yo

星期日我會在家。

輕鬆背單字

일요일	i.ryo.il	名	星期日
집	jip	名	家

輕鬆學文法

1. - 에

助詞，接在地點名詞後面，表示「地點」。

2. - (으)ㄹ 거예요　未來式

接在動詞後方，表示未來的計畫或個人意志。當動詞語幹以母音結束或ㄹ結束，就接ㄹ 거예요，若動詞語幹以子音結束，則接을 거예요。

舉一反三

1. **我要和那個男生結婚。**（남자：男生）
   그 남자와 결혼할 거예요.
   geu/nam.ja.wa/gyo*l.hon.hal/go*.ye.yo

2. **我要去見朋友。**（만나다：見面）
   친구를 만날 거예요.
   chin.gu.reul/man.nal/go*.ye.yo

3. 我要去看電影。（영화：電影）
영화를 보러 갈 거예요.
yo*ng.hwa.reul/bo.ro*/gal/go*.ye.yo

應用會話

A：오늘 저녁에 무엇을 할 거예요?
o.neul/jjo*.nyo*.ge/mu.o*.seul/hal/go*.ye.yo
今天晚上要做什麼？
B：친구들과 노래방에 갈 거예요.
chin.gu.deul.gwa/no.re*.bang.e/gal/go*.ye.yo
要和朋友去練歌房。

A：이번 주말에 여행을 갈 거예요?
i.bo*n/ju.ma.re/yo*.he*ng.eul/gal/go*.ye.yo
這個週末要去旅行嗎？
B：네, 가족들과 같이 여행을 갈 거예요.
ne//ga.jok.deul.gwa/ga.chi/yo*.he*ng.eul/gal/go*.ye.yo
是的，要和家人去旅行。

必備單字：室外活動

캠프 ke*m.peu 露營	피크닉 pi.keu.nik 野餐	낚시 nak.ssi 釣魚
바비큐 ba.bi.kyu 烤肉	배낭여행 be*.nang.yo*.he*ng 背包旅行	해수욕 he*.su.yok 海水浴

불꽃놀이	단풍놀이	서핑
bo*t.gon.no.ri	dan.pung.no.ri	so*.ping
賞煙火	賞楓葉	衝浪
달맞이	소풍	요트
dal.ma.ji	so.pung	yo.teu
賞月	郊遊	快艇

必備單字：室內活動

마술	레고	퍼즐
ma.sul	re.go	po*.jeul
魔術	樂高	拼圖
포커	화투	장난감
po.ke	hwa.tu	jang.nan.gam
撲克牌	韓國花牌	玩具
디디알	미니카	로봇
di.di.al	mi.ni.ka	ro.bot
跳舞機	迷你車	機器人
우노	테트리스	인형
u.no	te.teu.ri.seu	in.hyo*ng
UNO牌	俄羅斯方塊	娃娃

052

집에서 공항까지 멀어요?

ji.be.so*/gong.hang.ga.ji/mo*.ro*.yo

你從家裡到機場遠嗎？

輕鬆背單字

공항	gong.hang	名	機場
멀다	mo*l.da	形	遠

輕鬆學文法

- 에서 - 까지

「에서」表示某個行為或狀態的出發點或起點；「까지」表示時間或距離上的限度、終點。如果要用韓文表示某一距離的範圍，可以使用「－에서　－까지」的句型，相當於中文的「從…到…」。

舉一反三

1. **從這裡到動物園要怎麼去？**（동물원：動物園）
   여기에서 동물원까지 어떻게 가요.
   yo*.gi.e.so*/dong.mu.rwon.ga.ji/o*.do*.ke/ga.yo

2. **我從公司走到餐廳。**（걸어가다：走去）
   회사에서 식당까지 걸어갔어요.
   hwe.sa.e.so*/sik.dang.ga.ji/go*.ro*.ga.sso*.yo

3. 從早上8點工作到下午3點。（일하다：工作）
오전 8시부터 오후 3시까지 일해요.
o.jo*n/yo*.do*p.ssi.bu.to*/o.hu/se.si.ga.ji/il.he*.yo

應用會話

A：어디에서 왔어요?
o*.di.e.so*/wa.sso*.yo
你從哪裡來？
B：대만에서 왔어요.
de*.ma.ne.so*/wa.sso*.yo
我從台灣來。

A：여기에서 백화점까지 어떻게 가요?
yo*.gi.e.so*/be*.kwa.jo*m.ga.ji/o*.do*.ke/ga.yo
從這裡到百貨公司要怎麼去？
B：택시를 타세요.
te*k.ssi.reul/ta.se.yo
請搭計程車。

必備單字：國家

대만 de*.man 台灣	중국 jung.guk 中國	일본 il.bon 日本
한국 han.guk 韓國	미국 mi.guk 美國	캐나다 ke*.na.da 加拿大

영국 yo*ng.guk 英國	프랑스 peu.rang.seu 法國	독일 do.gil 德國
러시아 ro*.si.a 俄羅斯	싱가포르 sing.ga.po.reu 新加坡	말레이시아 mal.le.i.si.a 馬來西亞
태국 te*.guk 泰國	인도 in.do 印度	베트남 be.teu.nam 越南
브라질 beu.ra.jil 巴西	스페인 seu.pe.in 西班牙	이탈리아 i.tal.li.a 義大利
포르투갈 po.reu.tu.gal 葡萄牙	이집트 i.jip.teu 埃及	멕시코 mek.ssi.ko 墨西哥
호주 ho.ju 澳大利亞	아프리카 a.peu.ri.ka 非洲	뉴질랜드 nyu.jil.le*n.deu 紐西蘭
네덜란드 ne.do*l.lan.deu 荷蘭	미얀마 mi.yan.ma 緬甸	필리핀 pil.li.pin 菲律賓

053

나는 영어를 하지 못해요.

na.neun/yo*ng.o*.reul/ha.ji/mo.te*.yo

我不會講英文。

輕鬆背單字

영어	yo*ng.o*	名	英文
하다	ha.da	動	做

輕鬆學文法

- 지 못하다

接在動詞語幹後方，表示沒有能力或因外在因素而無法做某事，相當於中文的「不能…／無法…」。也可以將有否定意思的副詞「못」接在動詞前方，兩種用法意義相同。

舉一反三

1. 今天我沒辦法去上班。（오늘：今天）
   제가 오늘은 회사에 가지 못해요.
   je.ga/o.neu.reun/hwe.sa.e/ga.ji/mo.te*.yo

2. 我不會游泳。（수영：游泳）
   나는 수영을 못해요.
   na.neun/su.yo*ng.eul/mo.te*.yo

3. 我不會喝酒。（술을 마시다：喝酒）
   술을 마시지 못해요.
   su.reul/ma.si.ji/mo.te*.yo

應用會話

A：오늘 몇 시에 와요?
o.neul/myo*t/si.e/wa.yo
今天你幾點來？
B：죄송해요. 오늘 못 가요.
jwe.song.he*.yo//o.neul/mot/ga.yo
對不起，我今天不能去。

A：오늘 왜 안 왔어요?
o.neul/we*/an/wa.sso*.yo
今天為什麼沒來？
B：머리가 아파서 가지 못했어요.
mo*.ri.ga/a.pa.so*/ga.ji/mo.te*.sso*.yo
因為頭痛不能去。

必備單字：學術領域

사회학 sa.hwe.hak 社會學	지구 과학 ji.gu/gwa.hak 地球科學	언어학 o*.no*.hak 語言學
심리학 sim.ni.hak 心理學	천문학 cho*n.mun.hak 天文學	번역학 bo*.nyo*.kak 翻譯學
무역학 mu.yo*.kak 貿易學	의학 ui.hak 醫學	인류학 il.lyu.hak 人類學

정치학 jo*ng.chi.hak 政治學	법학 bo*.pak 法學	교육학 gyo.yu.kak 教育學
식물학 sing.mul.hak 植物學	해양학 he*.yang.hak 海洋學	고고학 go.go.hak 考古學
동물학 dong.mul.hak 動物學	지질학 ji.jil.hak 地質學	재정학 je*.jo*ng.hak 財政學

054

같이 미국에 갈 수 있어요?

ga.chi/mi.gu.ge/gal/ssu/i.sso*.yo

可以和我一起去美國嗎？

輕鬆背單字

같이	ga.chi	副	一起／一塊
미국	mi.guk	名	美國

輕鬆學文法

-(으)ㄹ 수 있다/없다

接在動詞語幹後方，表示有無做某事的能力或可能性。當某人有能力或可以做某事時，就使用~(으)ㄹ 수 있다；當某人沒有能力或無法做某事時，就使用~(으)ㄹ 수 없다。另外，在「~(으)ㄹ 수 있다/없다」句型中的수後方，加上助詞가，表示「強調」的意味。

舉一反三

1. **窗戶打不開。**（열다：打開）
   창문을 열 수가 없어요.
   chang.mu.neul/yo*l/su.ga/o*p.sso*.yo

2. **我可以相信你。**（믿다：相信）
   나는 당신을 믿을 수 있어요.
   na.neun/dang.si.neul/mi.deul/ssu/i.sso*.yo

3. 無法解決問題。（해결하다：解決）
문제를 해결할 수 없어요.
mun.je.reul/he*.gyo*l.hal/ssu/o*p.sso*.yo

應用會話

A：미연 씨, 내 생일 파티에 올 수 있어요?
mi.yo*n/ssi//ne*/se*ng.il/pa.ti.e/ol/su/i.sso*.yo
美妍你可以來我的生日派對嗎？
B：갈 수 있어요.
gal/ssu/i.sso*.yo
我可以去。

A：악기를 연주할 수 있어요?
ak.gi.reul/yo*n.ju.hal/ssu/i.sso*.yo
你會演奏樂器嗎？
B：나는 피아노를 칠 수 있어요.
na.neun/pi.a.no.reul/chil/su/i.sso*.yo
我會彈鋼琴。

必備單字：樂器

첼로 chel.lo 大提琴	비올라 bi.ol.la 中提琴	바이올린 ba.i.ol.lin 小提琴
피리 pi.ri 笛子	플루트 peul.lu.teu 長笛	피아노 pi.a.no 鋼琴

베이스 드럼 be.i.seu/deu.ro*m 大鼓	스네어 드럼 seu.ne.o*/deu.ro*m 小鼓	오르간 o.reu.gan 管風琴
하프 ha.peu 豎琴	기타 gi.ta 吉他	트럼펫 teu.ro*m.pet 小號
마림바 ma.rim.ba 木琴	오보에 o.bo.e 雙簧管	클라리넷 keul.la.ri.net 單簧管
악단 ak.dan 樂團	반주 ban.ju 伴奏	악대 ak.de* 樂隊

055

비가 와서 기분이 안 좋아요.

bi.ga/wa.so*/gi.bu.ni/an/jo.a.yo

下雨所以心情不好。

輕鬆背單字

비	bi	名	雨
기분	gi.bun	名	心情/情緒

輕鬆學文法

- 아/어서

表示前面的子句是後面子句的的原因或理由，相當於中文的「因為…所以…」。如果語幹的母音是「ㅏ.ㅗ」時，就接「아서」；如果語幹的母音不是「ㅏ.ㅗ」時，就接어서；如果是하다類的動詞，就接여서，兩者結合後會變成해서。如果接在이다後方，就要使用이어서或이라서。在一般的對話中，使用이라서。要特別注意的一點是時態았/었(過去)、겠(未來)等，不可加在아/어서前方。

舉一反三

1. 太忙了所以沒有時間。（바쁘다：忙碌）
너무 바빠서 시간이 없어요.
no*.mu/ba.ba.so*/si.ga.ni/o*p.sso*.yo

2. 好吃所以吃了很多。（맛있다：好吃）
맛있어서 많이 먹었어요.
ma.si.sso*.so*/ma.ni/mo*.go*.sso*.yo

3. 發燒所以去看醫生。（열이 나다：發燒）
열이 나서 병원에 갔어요.
yo*.ri/na.so*/byo*ng.wo.ne/ga.sso*.yo

應用會話

A：이 신발을 왜 안 사요?
i/sin.ba.reul/we*/an/sa.yo
為什麼不買這雙鞋？
B：너무 작아서 못 신어요.
no*.mu/ja.ga.so*/mot/si.no*.yo
因為太小了不能穿。

A：왜 저녁을 안 먹어요?
we*/jo*.nyo*.geul/an/mo*.go*.yo
為什麼不吃晚餐？
B：방금 라면을 먹어서 지금 배가 불러요.
bang.geum/ra.myo*.neul/mo*.go*.so*/ji.geum/be*.ga/bul.lo*.yo
因為剛才吃了泡麵，現在吃飽了。

必備單字：自然物

산 san 山	강 gang 江／河	사막 sa.mak 沙漠
바다 ba.da 海	파도 pa.do 波浪	화산 hwa.san 火山

모래 mo.re* 沙子	호수 ho.su 湖	암석 am.so*k 岩石
돌 do 石頭	초원 cho.won 草原	흙 heuk 泥土
하천 ha.cho*n 河川	계곡 gye.gok 山谷	삼림 sam.nim 森林
섬 so*m 島	평야 pyo*ng.ya 平野／原野	해안 he*.an 海岸

056

같이 영화 볼까요?

ga.chi/yo*ng.hwa/bol.ga.yo

要不要一起看電影？

輕鬆背單字

같이	ga.chi	副	一起／一塊
영화	yo*ng.hwa	名	電影

輕鬆學文法

-(으)ㄹ까요?

接在動詞後方，表示提議或詢問對方的意見。也常用於說話者向聽話者提議要不要一起去做某事，相當於中文的「要不要一起…？」。當動詞語幹以母音或ㄹ結束時，就接ㄹ까요?；當動詞語幹以子音結束時，就接을까요?。

舉一反三

1. **我們在哪裡見面？**（우리：我們）
   우리 어디서 만날까요?
   u.ri/o*.di.so*/man.nal.ga.yo

2. **要不要吃披薩？**（피자：披薩）
   피자를 먹을까요?
   pi.ja.reul/mo*.geul.ga.yo

3. 我們去走走好嗎？（걷다：走）
우리 좀 걸을까요?
u.ri/jom/go*.reul.ga.yo

應用會話

A：수업 후에 쇼핑하러 갈까요?
su.o*p/hu.e/syo.ping.ha.ro*/gal.ga.yo
下課我們去購物好嗎？
B：좋아요.
jo.a.yo
好啊！

A：우리 뭘 먹을까요?
u.ri/mwol/mo*.geul.ga.yo
我們吃什麼呢？
B：냉면을 먹읍시다.
ne*ng.myo*.neul/mo*.geup.ssi.da
我們吃冷麵吧。

必備單字：學校

초등학교 cho.deung.hak.gyo 小學	중학교 jung.hak.gyo 國中	고등학교 go.deung.hak.gyo 高中
대학 de*.hak 大學	대학원 de*.ha.gwon 研究所	탁아소 ta.ga.so 托兒所

유치원 yu.chi.won 幼稚園	전문대학 jo*n.mun.de*.hak 專科大學	직업학교 ji.go*.pak.gyo 職業學校
종합대학 jong.hap.de*.hak 綜合大學	초졸 cho.jol 小學畢業	중졸 jung.jol 國中畢業
고졸 go.jol 高中畢業	대졸 de*.jol 大學畢業	

057

엄마는 좋지만 아빠는 싫어요.

o*m.ma.neun/jo.chi.man/a.ba.neun/si.ro*.yo

喜歡媽媽，不喜歡爸爸。

輕鬆背單字

엄마	o*m.ma	名	媽媽
아빠	a.ba	名	爸爸

輕鬆學文法

1. - 은/는

用來表示句子的主題或闡述的對象，若「은/는」接在名詞的後方，表示該名詞即是句子的主題。當名詞以母音結束，要加는，當名詞以子音結束，則加은。

2. - 지만

可以接在動詞、形容詞或이다後方，表示前後兩個句子互相對立，相當於中文的「雖然…但是…」。「지만」前方可以接過去式，形成「았/었지만」的形態。

舉一反三

1. **泡菜很辣，但很好吃。**（김치：泡菜）

김치는 맵지만 맛있어요.

gim.chi.neun/me*p.jji.man/ma.si.sso*.yo

2. 她雖然漂亮，但頭腦不好。（나쁘다：不好）
그녀는 예쁘지만 머리가 나빠요.
geu.nyo*.neun/ye.beu.ji.man/mo*.ri.ga/na.ba.yo

3. 這件衣服雖然便宜，但是太小件。（작다：小）
이 옷은 싸지만 너무 작아요.
i/o.seun/ssa.ji.man/no*.mu/ja.ga.yo

應用會話

A：한국어를 가르쳐 주세요.
han.gu.go*.reul/ga.reu.cho*/ju.se.yo
請教我韓語。
B：한국어를 배웠지만 아직 잘 하지 못해요.
han.gu.go*.reul/be*.wot.jji.man/a.jik/jal/ha.ji/mo.te*.yo
雖然我學了韓語，但還不太會講。

A：이민호 씨는 어떻습니까?
i.min.ho/ssi.neun/o*.do*.sseum.ni.ga
李民浩怎麼樣？
B：잘 생겼지만 성격이 나빠요.
jal/sse*ng.gyo*t.jji.man/so*ng.gyo*.gi/na.ba.yo
雖然很帥，但個性很差。

必備單字：外型

늙다 neuk.da 老	멋지다 mo*t.jji.da 帥	잘 생기다 jal/sse*ng.gi.da 好看、漂亮

젊다 jo*m.da 年輕	예쁘다 ye.beu.da 漂亮	아름답다 a.reum.dap.da 美麗
튼튼하다 teun.teun.ha.da 健壯	마르다 ma.reu.da 瘦	날씬하다 nal.ssin.ha.da 苗條
섹시하다 sek.ssi.ha.da 性感	뚱뚱하다 dung.dung.ha.da 胖	통통하다 tong.tong.ha.da 肥嘟嘟
매력적이다 me*.ryo*k.jjo*.gi.da 有魅力	몸매 mom.me* 身材	살찌다 sal.jji.da 變胖
귀엽다 gwi.yo*p.da 可愛	체격 che.gyo* 體格	다이어트 da.i.o*.teu 減肥

언니는 예쁘고 날씬해요.

o*n.ni.neun/ye.beu.go/nal.ssin.he*.yo

姊姊漂亮又苗條。

輕鬆背單字

예쁘다	ye.beu.da	形	漂亮
날씬하다	nal.ssin.ha.da	形	苗條

輕鬆學文法

-고

接在動詞後方，用來列舉兩個或兩個以上的動作，表示前面的子句動作，比後面的子句動作更早發生。相當於中文的「先…然後…」。「고」也可以接在形容詞或이다的語幹後方，用來列舉兩個或兩個以上狀態或事實，相當於中文的「…而且…」。

舉一反三

1. 晚上要去看電影，然後吃韓國料理。
（한국요리：**韓國料理**）

밤에 영화를 보고 한국요리를 먹을 거예요.

ba.me/yo*ng.hwa.reul/bo.go/han.gu.gyo.ri.reul/mo*.geul/go*.ye.yo

2. 今天吃了飯也吃了蛋糕。（케이크：**蛋糕**）

오늘 밥도 먹고 케이크도 먹었어요.

o.neul/bap.do/mo*k.go/ke.i.keu.do/mo*.go*.sso*.yo

3. **這是漫畫，那是小說。**（만화책：漫畫）

이것은 만화책이고 그것은 소설이에요.

i.go*.seun/man.hwa.che*.gi.go/geu.go*.seun/so.so*.ri.e.yo

應用會話

A：어제 집에서 뭐 했어요?
o*.je/ji.be.so*/mwo/he*.sso*.yo
昨天在家裡做什麼？

B：집안일도 하고 요리도 만들었어요.
ji.ba.nil.do/ha.go/yo.ri.do/man.deu.ro*.sso*.yo
打掃和做菜。

A：남자 친구가 어때요?
nam.ja/chin.gu.ga/o*.de*.yo
男朋友怎麼樣？

B：키도 크고 농구도 잘 해요.
ki.do/keu.go/nong.gu.do/jal/he*.yo
個子高，籃球又打得好。

必備單字：球類

탁구 tak.gu 桌球	야구 ya.gu 棒球	볼링 bol.ling 保齡球
배구 be*.gu 排球	농구 nong.gu 籃球	축구 chuk.gu 足球

당구 dang.gu 撞球	테니스 te.ni.seu 網球	미식축구 mi.sik.chuk.gu 橄欖球
배드민턴 be*.deu.min.to*n 羽毛球	골프 gol.peu 高爾夫球	스쿼시 seu.kwo.si 壁球
아이스하키 a.i.seu.ha.ki 冰上曲棍球	소프트볼 so.peu.teu.bol 壘球	핸드볼 he*n.deu.bol 手球
피구 pi.gu 躲避球	하키 ha.ki 曲棍球	비치발리볼 bi.chi.bal.li.bol 沙灘排球

난 오늘 안 바빠요.
nan/o.neul/an/ba.ba.yo
我今天不忙。

輕鬆背單字

바쁘다	ba.beu.da	形	忙碌
나	na	代	我(난是나는的縮寫)

輕鬆學文法

〈ㅡ不規則變化〉

詞尾以「ㅡ」結尾的大部分詞彙，後面遇到母音時，「ㅡ」會脫落。當「ㅡ」前面的音節是ㅏ或ㅗ時，會變為「아」。當「ㅡ」前面的音節是ㅏ或ㅗ以外的音節時，會變為「어」。舉例如下：

아프다 ＋ 아서 → 아파서
예쁘다 ＋ 어서 → 예뻐서

舉一反三

1. **因為頭痛，所以沒去。**（머리가 아프다：頭痛）
머리가 아파서 안 갔어요.
mo*.ri.ga/a.pa.so*/an/ga.sso*.yo

2. **很漂亮，所以買了。**（예쁘다：漂亮）
예뻐서 샀어요.
ye.bo*.so*/sa.sso*.yo

3. **太難過所以流眼淚。**（눈물이 나다：流眼淚）

너무 슬퍼서 눈물이 나요.

no*.mu/seul.po*.sso*/nun.mu.ri/na.yo

應用會話

A：배가 고파요. 같이 식사하러 가요.

be*.ga/go.pa.yo//ga.chi/sik.ssa.ha.ro*/ga.yo

肚子餓了，一起去吃飯吧。

B：네, 잠깐 기다려요.

ne//jam.gan/gi.da.ryo*.yo

好的，請稍等。

A：이 구두 너무 커서 못 신어요.

i/gu.du/no*.mu/ko*.so*/mot/si.no*.yo

這雙皮鞋太大了，不能穿。

B：그럼 이건 어때요?

geu.ro*m/i.go*n/o*.de*.yo

那這個怎麼樣？

必備單字：《ㅡ不規則變化》的詞彙

아프다 a.peu.da 痛	바쁘다 ba.beu.da 忙	잠그다 jam.geu.da 鎖
예쁘다 ye.beu.da 漂亮	고프다 go.peu.da 餓	담그다 dam.geu.da 醃／做(泡菜)

쓰다 sseu.da 苦／寫／戴	슬프다 seul.peu.da 難過／傷心	끄다 geu.da 關（電器）
크다 keu.da 大	기쁘다 gi.beu.da 高興	뜨다 deu.da 睜（眼）／升起

060

사장님이 어디에 가십니까?

sa.jang.ni.mi/o*.di.e/ga.sim.ni.ga

社長去哪裡了？

輕鬆背單字

사장님	sa.jang.nim	名	社長／總經理
어디	o*.di	代	哪裡

輕鬆學文法

1. - 에

助詞，表示方向和目的地，相當於中文的「到」。

2. - (으)시

敬語用法，接在形容詞、動詞或이다語幹後方，主要是用來尊敬對方（聽話者），或比談話者或聽話者的年齡或社會地位還高的對象。

舉一反三

1. **您在做什麼？**（무엇：什麼）

무엇을 하십니까?

mu.o*.seul/ha.sim.ni.ga

2. **您是律師嗎？**（변호사：律師）

변호사이십니까?

byo*n.ho.sa.i.sim.ni.ga

3. 爸爸在看報紙。（신문：報紙）

아버님이 신문을 보십니다.

a.bo*.ni.mi/sin.mu.neul/bo.sim.ni.da

應用會話

A：오늘 몇 시에 출근하십니까?
o.neul/myo*t/si.e/chul.geun.ha.sim.ni.ga
今天您幾點上班？

B：오전 10시에 출근합니다.
o.jo*n/yo*l.si.e/chul.geun.ham.ni.da
上午十點上班。

A：어떤 음식을 좋아하십니까?
o*.do*n/eum.si.geul/jjo.a.ha.sim.ni.ga
您喜歡吃什麼？

B：소고기 요리를 좋아합니다.
so.go.gi/yo.ri.reul/jjo.a.ham.ni.da
我喜歡牛肉料理。

必備單字：長輩

할머니 hal.mo*.ni 奶奶	외할아버지 we.ha.ra.bo*.ji 外公	시아버지 si.a.bo*.ji 公公
할아버지 ha.ra.bo*.ji 爺爺	외할머니 we.hal.mo*.ni 外婆	시어머니 si.o*.mo*.ni 婆婆

장인 jang.in 岳父	고모부 go.mo.bu 姑丈	이모부 i.mo.bu 姨丈
장모 jang.mo 岳母	고모 go.mo 姑姑	이모 i.mo 姨媽
외삼촌 we.sam.chon 舅舅	큰 아버지 keun/a.bo*.ji 伯父	큰어머니 keu.no*.mo*.ni 伯母
외숙모 we.sung.mo 舅媽	작은 아버지 ja.geun/a.bo*.ji 叔叔	작은 어머니 ja.geun/o*.mo*.ni 嬸嬸

061

그 분을 몰라요.

geu/bu.neul/mol.la.yo

我不認識他。

輕鬆背單字

분	bun	量	位（人的數量）
모르다	mo.reu.da	動	不知道／不會／不認識

輕鬆學文法

1. - 을/를

目的格助詞，接在名詞後方，表示該名詞為動作或作用的對象。如果名詞以母音結束，就加를；如果名詞以子音結束，則加을。

2.《르不規則變化》

詞尾以「르」結尾的大部分詞彙，後面遇到母音時，르的「ㅡ」會脫落，並且在前一個字尾後面加上ㄹ，舉例如下。

모르다 + 아요 → 몰ㄹ다 + 아요 = 몰라요

舉一反三

1. 這個和那個不一樣。（다르다：不同）

이것과 그것은 달라요.

i.go*t.gwa/geu.go*.seun/dal.la.yo

2. 飛機比船快。（빠르다：快）
비행기가 배보다 빨라요.
bi.he*ng.gi.ga/be*.bo.da/bal.la.yo

3. 你認識那個人嗎？（알다：認識）
그 분을 알아요?
geu/bu.neul/a.ra.yo

應用會話

A：혹시 한국어를 할 줄 알아요?
hok.ssi/han.gu.go*.reul/hal/jjul/a.ra.yo
你說韓語嗎？
B：아니요, 몰라요.
a.ni.yo//mol.la.yo
不，不會。

A：이거 몰라요?
i.go*/mol.la.yo
這個你不會嗎？
B：조금 알아요.
jo.geum/a.ra.yo
會一點。

必備單字：《르不規則變化》的詞彙

다르다 da.reu.da 不同	부르다 bu.reu.da 唱	오르다 o.reu.da 上升／登

빠르다 ba.reu.da 快	기르다 gi.reu.da 養	게으르다 ge.eu.reu.da 懶
자르다 ja.reu.da 剪／切	흐르다 heu.reu.da 流	서두르다 so*.du.reu.da 急忙
모르다 mo.reu.da 不知道／不會	고르다 go.reu.da 挑	배부르다 be*.bu.reu.da 吃飽
마르다 ma.reu.da 乾	가르다 ga.reu.da 分開／區分	찌르다 jji.reu.da 刺

062

수박이 답니다.
su.ba.gi/dam.ni.da
西瓜很甜。

輕鬆背單字

수박	su.bak	名	西瓜
달다	dal.da	形	甜

輕鬆學文法

《ㄹ不規則變化》

詞尾以ㄹ結束的動詞、形容詞，後面遇到以「ㄴ」、「ㅂ」、「ㅅ」開頭時，ㄹ會脫落。當詞尾以ㄹ結束的詞彙，後面遇到으開頭時，으會脫落。

살다 + 습니다 → 사 + ㅂ니다 → 삽니다

살다 + (으)려고 → 살려고

舉一反三

1. **您知道嗎？**（알다：知道）
   아십니까?
   a.sim.ni.ga

2. **你住在哪裡？**（살다：住）
   어디에 삽니까?
   o*.di.e/sam.ni.ga

3. 姊姊的頭髮很長。（길다：長）
언니의 머리가 깁니다.
o*n.ni.ui/mo*.ri.ga/gim.ni.da

應用會話

A：내일 제 생일이에요. 케이크를 만드세요.
ne*.il/je/se*ng.i.ri.e.yo//ke.i.keu.reul/man.deu.se.yo
明天是我的生日，請你做蛋糕。
B：말 안 해도 만들 생각이에요.
mal/an/he*.do/man.deul/sse*ng.ga.gi.e.yo
即使你不說，我也打算做。

A：선생님에게 전화를 걸려고 해요. 혹시 전화 번호를 알고 있어요?
so*n.se*ng.ni.me.ge/jo*n.hwa.reul/go*l.lyo*.go/he*.yo/hok.ssi/jo*n.hwa/bo*n.ho.reul/al.go/i.sso*.yo
我想打電話給老師，你知道電話號碼嗎？
B：나도 선생님의 전화 번호를 몰라요.
na.do/so*n.se*ng.ni.mui/jo*n.hwa/bo*n.ho.reul/mol.la.yo
我也不知道老師的電話號碼。

必備單字：屬於《ㄹ不規則變化》的詞彙

알다	열다	달다
al.da	yo*l.da	dal.da
知道	開	甜

멀다 mo*l.da 遠	팔다 pal.da 賣	길다 gil.da 長
살다 sal.da 活／住	만들다 man.deul.da 做／製作	울다 ul.da 哭
걸다 go*l.da 打（電話）	놀다 nol.da 玩	졸다 jol.da 打瞌睡

학교에 걸어서 와요?
hak.gyo.e/go*.ro*.so*/wa.yo
走路來學校嗎？

輕鬆背單字

학교	hak.gyo	名	學校
걷다	go*t.da	動	走

輕鬆學文法

1. - 에
助詞，表示方向和目的地，相當於中文的「到」。

2.《ㄷ不規則變化》
詞尾以「ㄷ」結束的小部分詞彙，後面遇上母音時， 要變成「ㄹ」。
묻다 + 어요 → 물어요

舉一反三

1. 我們聽韓國音樂好嗎？（음악：音樂）
우리 한국 음악을 들을까요?
u.ri/han.guk/eu.ma.geul/deu.reul.ga.yo

2. 請好好聽。（듣다：聽）
잘 들으세요.
jal/deu.reu.se.yo

3. 請你去問媽媽吧。（묻다：問）
어머님께 물어 보세요.
o*.mo*.nim.ge/mu.ro*/bo.se.yo

應用會話

A：어떻게 알았어요?
o*.do*.ke/a.ra.sso*.yo
你怎麼知道的？
B：친구에게서 들었어요.
chin.gu.e.ge.so*/deu.ro*.sso*.yo
從朋友那聽說的。

A：오늘 너무 많이 걸어서 힘들어요.
o.neul/no*.mu/ma.ni/go*.ro*.so*/him.deu.ro*.yo
今天走太多路很累。
B：그럼 빨리 집에 가서 쉬워요.
geu.ro*m/bal.li/ji.be/ga.so*/swi.wo.yo
那你快點回家休息吧。

必備單字：屬於《ㄷ不規則變化》的詞彙

걷다 go*t.da 走路	듣다 deut.da 聽	묻다 mut.da 問
깨닫다 ge*.dat.da 覺悟	싣다 sit.da 裝載	일컫다 il.ko*t.da 稱為

第二章
生活會話篇

인사말
招呼語

064

안녕하세요.

an.nyo*ng.ha.se.yo

你好。

輕鬆背單字

안녕	an.nyo*ng	名	平安／安寧

你也可以這樣說

안녕하십니까?
an.nyo*ng.ha.sim.ni.ga
您好嗎？

여러분, 안녕하십니까?
yo*.ro*.bun//an.nyo*ng.ha.sim.ni.ga
大家好。

안녕하세요. 어디 가세요?
an.nyo*ng.ha.se.yo//o*.di/ga.se.yo
您好。你要去哪裡？

你可以對朋友或晚輩這樣說

안녕?
an.nyo*ng
你好。

065

잘 지내세요?

jal/jji.ne*.se.yo

你過得好嗎？

輕鬆背單字

잘	jal	副	好好地／很好
지내다	ji.ne*.da	動	過日子

你也可以這樣說

잘 지내요?
jal/jji.ne*.yo
你過得好嗎？

그동안 잘 지냈어요?
geu.dong.an/jal/jji.ne*.sso*.yo
你最近好嗎？

어떻게 지내세요?
o*.do*.ke/ji.ne*.se.yo
近來如何？

你可以對朋友或晚輩這樣說

잘 지냈니?
jal/jji.ne*n.ni
你過得好嗎？

066

잘 지냈습니까?

jal/jji.ne*t.sseum.ni.ga

你過得好嗎？

輕鬆背單字

오래간만	o.re*.gan.man	名	好久／許久
지내다	ji.ne*.da	動	過日子

你也可以這樣說

오래간만입니다. 잘 지내셨어요?

o.re*.gan.ma.nim.ni.da//jal/jji.ne*.syo*.sso*.yo

好久不見，您過得好嗎？

你可以這樣回答

네, 덕분에 잘 지냈어요.

ne//do*k.bu.ne/jal/jji.ne*.sso*.yo

託您的福，我過得很好。

덕분에 만사 순조롭습니다.

do*k.bu.ne/man.sa/sun.jo.rop.sseum.ni.da

託你的福，萬事都很順利。

변함없이 잘 지냈어요.

byo*n.ha.mo*p.ssi/jal/jji.ne*.sso*.yo

還是一樣過得很好。

067

안녕히 가세요.

an.nyo*ng.hi/ga.se.yo

再見。（向離開要走的人）

輕鬆背單字

안녕히	an.nyo*ng.hi	副	安寧地／平安地
가다	ga.da	動	去／往

你也可以這樣說

안녕히 계세요.
an.nyo*ng.hi/gye.se.yo
再見。（向留在原地的人）

다음에 또 봅시다.
da.eu.me/do/bop.ssi.da
下次再見！

다음에 뵙겠습니다.
da.eu.me/bwep.get.sseum.ni.da
下次見。

你可以對朋友或晚輩這樣說

잘 가.
jal/ga
拜拜。

068

내일 봐요.

ne*.il/bwa.yo

明天見。

輕鬆背單字

내일	ne*.il	名	明天
보다	bo.da	動	看／探望

你也可以這樣說

다음에 또 만나요.
da.eu.me/do/man.na.yo
下次再見。

살펴 가십시오.
sal.pyo*/ga.sip.ssi.o
請慢走。

또 봐요. 연락할게요.
do/bwa.yo//yo*l.la.kal.ge.yo
再見，我會打電話給你。

你可以對朋友或晚輩這樣說

그럼 안녕.
geu.ro*m/an.nyo*ng
那拜拜囉！

069

잘 다녀오세요.

jal/da.nyo*.o.se.yo

路上小心。

輕鬆背單字

잘	jal	副	好好地／小心
다녀오다	da.nyo*.o.da	動	去一趟回來

你也可以這樣說

안녕히 다녀오십시오.

an.nyo*ng.hi/da.nyo*.o.sip.ssi.o

請慢走。

你可以對朋友或晚輩這樣說

잘 다녀와라.

jal/da.nyo*.wa.ra

慢走。

你可以這樣回答

다녀올게요.

da.nyo*.ol.ge.yo

我走了。

070

다녀오셨습니까?

da.nyo*.o.syo*t.sseum.ni.ga

您回來了。

輕鬆背單字

다녀오다	da.nyo*.o.da	動	去一趟回來

你也可以這樣說

다녀왔어요?
da.nyo*.wa.sso*.yo
你回來了。

다녀왔구나!
da.nyo*.wat.gu.na
你回來啦！（對朋友或晚輩說）

你可以這樣回答

다녀왔다.
da.nyo*.wat.da
我回來了。（長輩對晚輩說）

다녀왔습니다.
da.nyo*.wat.sseum.ni.da
我回來了。（晚輩對長輩說）

071

안녕히 주무세요.
an.nyo*ng.hi/ju.mu.se.yo

晚安。（對長輩）

輕鬆背單字

안녕히	an.nyo*ng.hi	副	安寧／安好
주무시다	ju.mu.si.da	動	睡覺（자다的敬語）

你也可以這樣說

잘 자요.
jal/jja.yo
晚安。

푹 쉬세요.
puk/swi.se.yo
請好好休息。

좋은 꿈 꾸세요.
jo.eun/gum/gu.se.yo
祝你有個好夢。

你可以這樣回答

좀 이따가 잘게요.
jom/i.da.ga/jal.ge.yo
我待會就睡。

072

안녕히 주무셨습니까?

an.nyo*ng.hi/ju.mu.syo*t.sseum.ni.ga

您睡得好嗎？／早安。

輕鬆背單字

안녕히	an.nyo*ng.hi	副	安寧／安好
주무시다	ju.mu.si.da	動	睡覺（자다的敬語）

你也可以這樣說

어제 잘 잤어요?
o*.je/jal/jja.sso*.yo
昨天你睡得好嗎？

잘 잤니?
jal/jjan.ni
您睡得好嗎？／早安。（對朋友或晚輩說）

잘 잤어?
jal/jja.sso*
您睡得好嗎？／早安。（對朋友或晚輩說）

你可以這樣回答

덕분에 아주 푹 잘 잤어요.
do*k.bu.ne/a.ju/puk/jal/jja.sso*.yo
託你的福，我睡得很好。

예의

禮儀

감사합니다.
gam.sa.ham.ni.da
謝謝。

輕鬆背單字

감사하다	gam.sa.ha.da	動	感謝

你也可以這樣說

고맙습니다.
go.map.sseum.ni.da
謝謝。

정말 감사합니다.
jo*ng.mal/gam.sa.ham.ni.da
真的很謝謝你。

고마워.
go.ma.wo
謝謝。（對朋友或晚輩說）

你可以這樣回答

천만에요.
cho*n.ma.ne.yo
不客氣。

074

도와 주셔서 감사합니다.

do.wa/ju.syo*.so*/gam.sa.ham.ni.da

謝謝您的幫忙。

輕鬆背單字

도와 주다	do.wa/ju.da	動	幫忙
감사하다	gam.sa.ha.da	動	感謝

你也可以這樣說

가르쳐 주셔서 감사합니다.
ga.reu.cho*/ju.syo*.so*/gam.sa.ham.ni.da
謝謝您的指導。

와 주셔서 감사합니다.
wa/ju.syo*.so*/gam.sa.ham.ni.da
謝謝您能過來。

你可以這樣回答

도움이 되어 다행입니다.
do.u.mi/dwe.o*/da.he*ng.im.ni.da
我很高興能幫得上忙。

감사할 것 없습니다.
gam.sa.hal/go*t/o*p.sseum.ni.da
不需道謝。

075

죄송합니다.

jwe.song.ham.ni.da

對不起。

輕鬆背單字

죄송하다	jwe.song.ha.da	形	對不起／抱歉

你也可以這樣說

미안합니다.
mi.an.ham.ni.da
對不起。

정말 미안합니다.
jo*ng.mal/mi.an.ham.ni.da
真的很抱歉。

내가 잘못했어. 미안해.
ne*.ga/jal.mo.te*.sso*//mi.an.he*
我做錯了，抱歉。（對朋友或晚輩說）

你可以這樣回答

별것 아닙니다.
byo*l.go*t/a.nim.ni.da
那沒什麼。

076

폐를 끼쳐서 죄송합니다.
pye.reul/gi.cho*.so*/jwe.song.ham.ni.da
給你添麻煩了，對不起。

輕鬆背單字

폐	pye	名	弊端／麻煩
폐를 끼치다	pye.reul/gi.chi.da	詞組	添麻煩／打擾

你也可以這樣說

시간을 많이 빼앗아서 죄송합니다.
si.ga.neul/ma.ni/be*.a.sa.so*/jwe.song.ham.ni.da
對不起，占用你那麼多時間。

밤늦게 전화해서 죄송합니다.
bam.neut.ge/jo*n.hwa.he*.so*/jwe.song.ham.ni.da
抱歉這麼晚打給你。

你可以這樣回答

사과하실 필요 없어요.
sa.gwa.ha.sil/pi.ryo/o*p.sso*.yo
你不需要道歉。

상관 없어요.
sang.gwan/o*p.sso*.yo
沒關係。

기원／바람

祈願／期望

077

축하합니다！
chu.ka.ham.ni.da

恭喜你！

輕鬆背單字

축하하다	chu.ka.ha.da	動	祝賀

你也可以這樣說

생일 축하합니다.
se*ng.il/chu.ka.ham.ni.da
祝你生日快樂！

아드님의 결혼을 축하합니다.
a.deu.ni.mui/gyo*l.ho.neul/chu.ka.ham.ni.da
恭喜你兒子結婚。

승진을 축하 드립니다.
seung.ji.neul/chu.ka/deu.rim.ni.da
恭喜您升官。

좋은 직장 찾은 것을 축하합니다.
jo.eun/jik.jjang/cha.jeun/go*.seul/chu.ka.ham.ni.da
恭喜你找到好工作。

078

즐거운 여행이 되세요.

jeul.go*.un/yo*.he*ng.i/dwe.se.yo

祝你旅行愉快。

輕鬆背單字

즐겁다	jeul.go*p.da	形	愉快
여행	yo*.he*ng	名	旅行

你也可以這樣說

즐거운 여행이 되기를 바랍니다.
jeul.go*.un/yo*.he*ng.i/dwe.gi.reul/ba.ram.ni.da
旅途愉快。

즐거운 휴가 보내세요.
jeul.go*.un/hyu.ga/bo.ne*.se.yo
假期愉快。

즐거운 하루가 되세요.
jeul.go*.un/ha.ru.ga/dwe.se.yo
祝你有個愉快的一天。

행운을 빕니다.
he*ng.u.neul/bim.ni.da
祝你好運！

079

항상 행복하길 바랄게요.

hang.sang/he*ng.bo.ka.gil/ba.ral.ge.yo

祝你永遠幸福。

輕鬆背單字

항상	hang.sang	副	經常／總是
행복하다	he*ng.bo.ka.da	形	幸福

你也可以這樣說

하시는 일 순조롭기를 바랍니다.
ha.si.neun/il/sun.jo.rop.gi.reul/ba.ram.ni.da
祝你工作順利！

사업이 성공하시기를 바랍니다.
sa.o*.bi/so*ng.gong.ha.si.gi.reul/ba.ram.ni.da
祝你生意興隆！

모든 소원이 이루어지기를 바랍니다.
mo.deun/so.wo.ni/i.ru.o*.ji.gi.reul/ba.ram.ni.da
祝您願望都能實現。

모든 일이 잘 되길 바랄게요.
mo.deun/i.ri/jal/dwe.gil/ba.ral.ge.yo
祝你事事順利。

080

새해 복 많이 받으세요.

se*.he*/bok/ma.ni/ba.deu.se.yo

新年快樂！

輕鬆背單字

새해	se*.he*	名	新年
복	bok	名	福氣／福份

你也可以這樣說

즐거운 새해 보내세요!
jeul.go*.un/se*.he*/bo.ne*.se.yo
祝有個愉快的新年。

행복한 크리스마스를 보내세요.
he*ng.bo.kan/keu.ri.seu.ma.seu.reul/bo.ne*.se.yo
祝你有個幸福的聖誕節。

새해에는 모든 행운이 깃들기를 바랍니다.
se*.he*.e.neun/mo.deun/he*ng.u.ni/git.deul.gi.reul/ba.ram.ni.da
祝你新年大吉大利！

你可以對朋友或晚輩這樣說

메리 크리스마스!
me.ri/keu.ri.seu.ma.seu
聖誕節快樂。

인간관계

人際關係

081

반갑습니다! (初次見面時使用)

ban.gap.sseum.ni.da

你（們）好！／我很高興！

輕鬆背單字

반갑다	ban.gap.da	形	高興／喜悅

你也可以這樣說

만나서 너무 반가워요.
man.na.so*/no*.mu/ban.ga.wo.yo
很高興見到你。

처음 뵙겠습니다. 반갑습니다.
cho*.eum/bwep.get.sseum.ni.da//ban.gap.sseum.ni.da
初次見面，您好。

모두들 이렇게 만나서 반갑네요.
mo.du.deul/i.ro*.ke/man.na.so*/ban.gam.ne.yo
很高興能見到各位。

你可以對朋友或晚輩這樣說

반가워!
ban.ga.wo
你（們）好！（初次見面時使用）

082

처음 뵙겠습니다.
cho*.eum/bwep.get.sseum.ni.da
初次見面。

輕鬆背單字

처음	cho*.eum	副	首次／第一次
뵙다	bwep.da	動	看到（謙讓語）

你也可以這樣說

알게 되어 반갑습니다.
al.ge/dwe.o*/ban.gap.sseum.ni.da
很高興認識你。

만나서 반가워.
man.na.so*/ban.ga.wo
很高興見到你。（對朋友或晚輩說）

你可以這樣回答

성함은 많이 들었습니다. 뵙게 되어 영광입니다.
so*ng.ha.meun/ma.ni/deu.ro*t.sseum.ni.da//bwep.ge/dwe.o*/yo*ng.gwang.im.ni.da
久仰大名，很榮幸見到您。

083

성함은 어떻게 되십니까?

so*ng.ha.meun/o*.do*.ke/dwe.sim.ni.ga

請問您貴姓大名？

輕鬆背單字

성함	so*ng.ham	名	姓名
어떻다	o*.do*.ta	形	怎麼樣

你也可以這樣說

이름이 뭐예요?
i.reu.mi/mwo.ye.yo
你的名字是？

이름은 뭐라고 합니까?
i.reu.meun/mwo.ra.go/ham.ni.ga
你叫什麼名字？

你可以這樣回答

제 이름은 최지우입니다.
je/i.reu.meun/chwe.ji.u.im.ni.da
我的名字是崔智友。

저는 김민희라고 합니다.
jo*.neun/gim.min.hi.ra.go/ham.ni.da
我叫作金敏熙。

084

저는 대만 사람입니다.

jo*.neun/de*.man/sa.ra.mim.ni.da

我是台灣人。

輕鬆背單字

대만	de*.man	名	台灣
사람	sa.ram	名	人

你也可以這樣說

저는 미국 사람입니다.
jo*.neun/mi.guk/sa.ra.mim.ni.da
我是美國人。

저는 한국에서 왔습니다.
jo*.neun/han.gu.ge.so*/wat.sseum.ni.da
我是從韓國來的。

어느 나라 사람이야?
o*.neu/na.ra/sa.ra.mi.ya
你是哪國人？（對朋友或晚輩說）

你可以這樣回答

저도 대만 사람이에요.
jo*.do/de*.man/sa.ra.mi.e.yo
我也是台灣人。

085

이쪽은 제 친구 홍수아입니다.

i.jjo.geun/je/chin.gu/hong.su.a.im.ni.da

這位是我的朋友洪秀兒。

輕鬆背單字

이쪽	i.jjok	名	這邊
친구	chin.gu	名	朋友

你也可以這樣說

이분은 저의 아버님이세요.
i.bu.neun/jo*.ui/a.bo*.ni.mi.se.yo
這位是我的父親。

이분은 이선생이고, 이분은 박선생입니다.
i.bu.neun/i.so*n.se*ng.i.go//i.bu.neun/bak.sso*n.se*ng.im.ni.da
這位是李先生，這位是朴先生。

你可以這樣回答

안녕하세요. 만나서 반갑습니다.
an.nyo*ng.ha.se.yo//man.na.so*/ban.gap.sseum.ni.da
你好，很高興見到你。

식사
用餐

086

식사했어요?

sik.ssa.he*.sso*.yo

你用餐了嗎？

輕鬆背單字

식사하다	sik.ssa.ha.da	動	用餐

你也可以這樣說

식사하셨습니까?
sik.ssa.ha.syo*t.sseum.ni.ga
您用餐了嗎？

밥 먹었어요?
bap/mo*.go*.sso*.yo
你吃過飯了嗎？

你可以對朋友或晚輩這樣說

밥 먹었어?
bap/mo*.go*.sso*
你吃飯了嗎？

밥 먹었니?
bap/mo*.go*n.ni
你吃飯了嗎？

087

점심 식사하러 나갑시다.

jo*m.sim/sik.ssa.ha.ro*/na.gap.ssi.da

一起出去吃午餐吧。

輕鬆背單字

점심	jo*m.sim	名	午餐
나가다	na.ga.da	動	出去／到…去

你也可以這樣說

저하고 점심 식사하시겠어요?
jo*.ha.go/jo*m.sim/sik.ssa.ha.si.ge.sso*.yo
你要和我一起吃午餐嗎？

그럼 같이 점심 식사합시다.
geu.ro*m/ga.chi/jo*m.sim/sik.ssa.hap.ssi.da
那一起吃午餐吧！

우리 점심 식사 같이 할까요?
u.ri/jo*m.sim/sik.ssa/ga.chi/hal.ga.yo
我們一起吃午餐，好嗎？

你可以這樣回答

저는 벌써 먹었어요.
jo*.neun/bo*l.sso*/mo*.go*.sso*.yo
我已經吃過了。

088

전 배가 고파요.

jo*n/be*.ga/go.pa.yo

我肚子餓。

輕鬆背單字

배	be*	名	肚子
고프다	go.peu.da	形	餓

你也可以這樣說

배가 너무 고파요.
be*.ga/no*.mu/go.pa.yo
肚子好餓。

배고파 죽겠어요.
be*.go.pa/juk.ge.sso*.yo
我肚子餓死了。

배가 아직 안 고파요.
be*.ga/a.jik/an/go.pa.yo
我肚子還不餓。

你可以對朋友或晚輩這樣說

난 배 고파.
nan/be*/go.pa
我肚子餓。

089

잘 먹겠습니다.

jal/mo*k.get.sseum.ni.da

我要開動了。

輕鬆背單字

잘	jal	副	好好地
먹다	mo*k.da	動	吃

你也可以這樣說

잘 먹을게요.
jal/mo*.geul.ge.yo
我會好好享用的。

잘 먹겠다.
jal/mo*k.get.da
我要開動了。（長輩對晚輩說）

你可以這樣回答

많이 먹었습니다.
ma.ni/mo*.go*t.sseum.ni.da
我吃很多了。

잘 먹었습니다.
jal/mo*.go*t.sseum.ni.da
我吃飽了。

뭐 먹고 싶습니까?
mwo/mo*k.go/sip.sseum.ni.ga
你想吃什麼？

輕鬆背單字

뭐	mwo	代	什麼(무엇的縮寫)
먹다	mo*k.da	動	吃

你也可以這樣說

먹고 싶은 거 있어요?
mo*k.go/si.peun/go*/i.sso*.yo
你有想吃的嗎？

점심으로 뭐 먹을래요?
jo*m.si.meu.ro/mwo/mo*.geul.le*.yo
你午餐要吃什麼？

뭐 먹고 싶어?
mwo/mo*k.go/si.po*
你想吃什麼？（對朋友或晚輩說）

你可以這樣回答

피자 먹고 싶어요.
pi.ja/mo*k.go/si.po*.yo
我想吃披薩。

091

이 식당은 어디에 있습니까?

i/sik.dang.eun/o*.di.e/it.sseum.ni.ga

這家餐館在哪裡？

輕鬆背單字

식당	sik.dang	名	餐廳／餐館
어디	o*.di	代	哪裡

你也可以這樣說

한국 음식점이 어디에 있습니까?
han.guk/eum.sik.jjo*.mi/o*.di.e/it.sseum.ni.ga
哪裡有韓式料理店？

이 식당에 가고 싶은데 어떻게 가야 돼요?
i/sik.dang.e/ga.go/si.peun.de/o*.do*.ke/ga.ya/dwe*.yo
我想去這家餐廳，我該怎麼去？

한국 음식을 먹고 싶어요. 어디서 먹을 수 있어요?
han.guk/eum.si.geul/mo*k.go/si.po*.yo//o*.di.so*/mo*.geul/ssu/i.sso*.yo
我想吃韓國菜，哪裡可以吃得到？

좋은 식당을 알고 계십니까?
jo.eun/sik.dang.eul/al.go/gye.sim.ni.ga
你知道哪裡有不錯的餐廳嗎？

092

이 근처에 레스토랑이 있습니까?

i/geun.cho*.e/re.seu.to.rang.i/it.sseum.ni.ga

這附近有餐廳嗎？

輕鬆背單字

근처	geun.cho*	名	附近
레스토랑	re.seu.to.rang	名	西式餐廳

你也可以這樣說

이 근처에 일식집이 있어요?
i/geun.cho*.e/il.sik.jji.bi/i.sso*.yo
這附近有日式料理店嗎？

좋은 음식점을 추천해 주세요.
jo.eun/eum.sik.jjo*.meul/chu.cho*n.he*/ju.se.yo
請推薦不錯的餐館給我。

근처에 유명한 프랑스 음식점이 있습니까?
geun.cho*.e/yu.myo*ng.han/peu.rang.seu/eum.sik.jjo*.mi/it.sseum.ni.ga
附近有沒有知名的法國料理店？

你可以這樣回答

이 부근에는 식당이 없어요.
i/bu.geu.ne.neun/sik.dang.i/o*p.sso*.yo
這附近沒有餐館。

093

저녁으로 뭘 먹고 싶어요?

jo*.nyo*.geu.ro/mwol/mo*k.go/si.po*.yo

晚餐你想吃什麼？

輕鬆背單字

저녁	jo*.nyo*k	名	晚上／晚餐
먹다	mo*k.da	動	吃

你也可以這樣說

혹시 부대찌개 좋아하세요?
hok.ssi/bu.de*.jji.ge*/jo.a.ha.se.yo
你喜歡吃部隊鍋嗎？

你可以這樣回答

김치찌개를 먹고 싶어요.
gim.chi.jji.ge*.reul/mo*k.go/si.po*.yo
我想吃泡菜鍋。

회를 먹고 싶어요. 일본 음식점에 가요.
hwe.reul/mo*k.go/si.po*.yo//il.bo.neum.sik.jjo*.me/ga.yo
我想吃生魚片，我們去日本料理店吧！

갑자기 불고기를 먹고 싶어요.
gap.jja.gi/bul.go.gi.reul/mo*k.go/si.po*.yo
我突然想吃烤肉。

지금 주문하시겠습니까?
ji.geum/ju.mun.ha.si.get.sseum.ni.ga
您要點餐了嗎？

輕鬆背單字

지금	ji.geum	名	現在
주문하다	ju.mun.ha.da	動	點餐／訂貨

你也可以這樣說

뭘 드시겠습니까?
mwol/deu.si.get.sseum.ni.ga
您要吃什麼？

你可以這樣回答

이걸로 주세요.
i.go*l.lo/ju.se.yo
我要點這個。

좀 있다가 주문하겠습니다.
jom/it.da.ga/ju.mun.ha.get.sseum.ni.da
我待會再點餐。

잠시 후에 주문할게요.
jam.si/hu.e/ju.mun.hal.ge.yo
我待會再點。

095

맛있는 거 추천 좀 해 주세요.

ma.sin.neun/go*/chu.cho*n/jom/he*/ju.se.yo

請推薦好吃的給我。

輕鬆背單字

맛있다	ma.sit.da	形	好吃
추천	chu.cho*n	名	推薦
좀	jom	副	一點／一下

你也可以這樣說

여기서 제일 잘 하는 요리가 어떤 것입니까?

yo*.gi.so*/je.il/jal/ha.neun/yo.ri.ga/o*.do*n/go*.sim.ni.ga

這裡最拿手的菜是什麼？

뭘 먹어야 할지 모르겠어요. 추천해 주세요.

mwol/mo*.go*.ya/hal.jji/mo.reu.ge.sso*.yo//chu.cho*n.he*/ju.se.yo

我不知道要吃什麼，請推薦一下。

你可以這樣回答

여기의 삼계탕이 유명합니다. 드셔 보실래요?

yo*.gi.ui/sam.gye.tang.i/yu.myo*ng.ham.ni.da//deu.syo*/bo.sil.le*.yo

這裡的蔘雞湯很有名喔！您要吃看看嗎？

스파게티 하나 주세요.

seu.pa.ge.ti/ha.na/ju.se.yo

請給我一份義大利麵。

輕鬆背單字

스파게티	seu.pa.ge.ti	名	義大利麵
하나	ha.na	數	一（個）

你也可以這樣說

스테이크 부탁합니다.
seu.te.i.keu/bu.ta.kam.ni.da
我要牛排。

김치볶음밥과 된장찌개 부탁 드립니다.
gim.chi.bo.geum.bap.gwa dwen.jang.jji.ge* bu.tak deu.rim.ni.da
請給我泡菜炒飯和味增湯。

저기요, 치킨 한 마리 주세요.
jo*.gi.yo//chi.kin/han/ma.ri/ju.se.yo
服務員，請給我一隻炸雞。

삼겹살 이인분 주세요.
sam.gyo*p.ssal/i.in.bun/ju.se.yo
給我兩人份的五花肉。

097

너무 맵지 않게 해 주세요.
no*.mu/me*p.jji/an.ke/he*/ju.se.yo
請不要太辣。

輕鬆背單字

너무	no*.mu	副	太／非常
맵다	me*p.da	形	辣

你也可以這樣說

너무 짜지 않게 해 주세요.
no*.mu/jja.ji/an.ke/he*/ju.se.yo
請不要煮得太鹹。

파를 넣지 마세요.
pa.reul/no*.chi/ma.se.yo
請不要放蔥。

맵게 해 주세요.
me*p.ge/he*/ju.se.yo
請幫我弄辣一點。

스테이크는 완전히 익혀주세요.
seu.te.i.keu.neun/wan.jo*n.hi/i.kyo*.ju.se.yo
牛排我要全熟。

098

여기서 드실 겁니까?

yo*.gi.so*/deu.sil/go*m.ni.ga

您要內用嗎？

輕鬆背單字

여기	yo*.gi	代	此處／這裡
들다	deul.da	動	用餐／進餐

你也可以這樣說

가지고 가실 겁니까?

ga.ji.go/ga.sil/go*m.ni.ga

您要外帶嗎？

你可以這樣回答

가지고 갈 겁니다.

ga.ji.go/gal/go*m.ni.da

我要帶走。

여기서 먹을 겁니다.

yo*.gi.so*/mo*.geul/go*m.ni.da

我要內用。

여기에서 먹겠습니다.

yo*.gi.e.so*/mo*k.get.sseum.ni.da

我要在這裡吃。

099

맛이 어떻습니까?

ma.si/o*.do*.sseum.ni.ga

味道怎麼樣？

輕鬆背單字

맛	mat	名	味道
어떻다	o*.do*.ta	形	怎麼樣

你也可以這樣說

맛이 어때요?

ma.si/o*.de*.yo

味道怎麼樣？

你可以這樣回答

매워요.

me*.wo.yo

很辣。

짜요.

jja.yo

很鹹。

너무 달아요.

no*.mu/da.ra.yo

太甜了。

100

정말 맛있네요.
jo*ng.mal/ma.sin.ne.yo
真的很好吃耶！

輕鬆背單字

정말	jo*ng.mal	副	真的
맛있다	ma.sit.da	形	好吃

你也可以這樣說

참 맛있어요.
cham/ma.si.sso*.yo
真好吃。

아주 맛있는데요.
a.ju/ma.sin.neun.de.yo
很好吃耶！

좀 맵지만 맛있어요.
jom/me*p.jji.man/ma.si.sso*.yo
雖然有點辣，但很好吃。

고기가 연해서 맛있어요.
go.gi.ga/yo*n.he*.so*/ma.si.sso*.yo
肉很軟很好吃。

101

별로 맛없어요.

byo*l.lo/ma.do*p.sso*.yo

不怎麼好吃。

輕鬆背單字

별로	byo*l.lo	副	不太／不怎麼
맛없다	ma.do*p.da	形	不好吃

你也可以這樣說

이건 별로 좋아하지 않아요.
i.go*n/byo*l.lo/jo.a.ha.ji/a.na.yo
我不太喜歡吃這個。

저는 단 것을 싫어해요.
jo*.neun/dan/go*.seul/ssi.ro*.he*.yo
我討厭甜食。

이건 제 입에 안 맞아요.
i.go*n/je/i.be/an/ma.ja.yo
這個不合我的口味。

신선하지 않아요.
sin.so*n.ha.ji/a.na.yo
不新鮮。

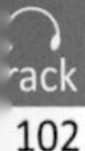

102

이 생선은 신선하지 않습니다.

i/se*ng.so*.neun/sin.so*n.ha.ji/an.sseum.ni.da

這魚不新鮮。

輕鬆背單字

생선	se*ng.so*n	名	魚
신선하다	sin.so*n.ha.da	形	新鮮

你也可以這樣說

이 요리는 냄새가 좀 이상합니다.
i/yo.ri.neun/ne*m.se*.ga/jom/i.sang.ham.ni.da
這道菜的味道有點奇怪。

음식이 다 식었어요. 맛없어요.
eum.si.gi/da/si.go*.sso*.yo//ma.do*p.sso*.yo
菜都冷了，不好吃。

고기가 덜 익은 것 같습니다.
go.gi.ga/do*l/i.geun/go*t/gat.sseum.ni.da
肉好像沒熟。

你可以這樣回答

죄송합니다. 바로 바꿔 드릴게요.
jwe.song.ham.ni.da//ba.ro/ba.gwo/deu.ril.ge.yo
對不起，馬上幫您做更換。

103

반찬을 좀 더 주세요.

ban.cha.neul/jjom/do*/ju.se.yo

請再給我一些小菜。

輕鬆背單字

반찬	ban.chan	名	小菜／菜餚
더	do*	副	再／更

你也可以這樣說

접시 하나 더 주세요.
jo*p.ssi/ha.na/do*/ju.se.yo
請再給我一個碟子。

밥 하나 더 주시겠습니까?
bap/ha.na/do*/ju.si.get.sseum.ni.ga
可以再給我一碗飯嗎？

얼음을 더 주세요.
o*.reu.meul/do*/ju.se.yo
請再給我一點冰塊。

김치 좀 더 주세요.
gim.chi/jom/do*/ju.se.yo
再給我一點泡菜。

104

후춧가루 좀 주시겠습니까?

hu.chut.ga.ru/jom/ju.si.get.sseum.ni.ga

可以給我胡椒粉嗎？

輕鬆背單字

후춧가루	hu.chut.ga.ru	名	胡椒粉
주다	ju.da	動	給／給予

你也可以這樣說

소금 좀 갖다 주시겠어요?
so.geum/jom/gat.da/ju.si.ge.sso*.yo
可以拿鹽給我嗎？

나이프와 포크를 주시겠습니까?
na.i.peu.wa/po.keu.reul/jju.si.get.sseum.ni.ga
可以拿刀子和叉子給我嗎？

컵 두 개 주세요.
ko*p/du/ge*/ju.se.yo
請給我兩個杯子。

재떨이를 주세요.
je*.do*.ri.reul/jju.se.yo
請給我菸灰缸。

105

식기 전에 빨리 드세요.
sik.gi/jo*.ne/bal.li/deu.se.yo
請趁熱享用。

輕鬆背單字

식다	sik.da	動	涼、冷
빨리	bal.li	副	趕快

你也可以這樣說

복음밥입니다. 천천히 드세요.
bo.geum.ba.bim.ni.da//cho*n.cho*n.hi/deu.se.yo
這是炒飯，請慢用。

뜨거우니까 조심하세요.
deu.go*.u.ni.ga/jo.sim.ha.se.yo
很燙，請小心。

손님, 감자탕입니다. 맛있게 드세요.
son.nim//gam.ja.tang.im.ni.da//ma.sit.ge/deu.se.yo
先生（小姐），這是馬鈴薯排骨湯。請慢用。

你可以這樣回答

고맙습니다.
go.map.sseum.ni.da
謝謝。

많이 드십시오.
ma.ni/deu.sip.ssi.o
請多吃一點。

輕鬆背單字

많이	ma.ni	副	多
들다	deul.da	動	用餐

你也可以這樣說

많이 드세요.
ma.ni/deu.se.yo
請多吃一點。

왜 더 안 드세요?
we*/do*/an/deu.se.yo
怎麼不再吃一點？

많이 먹어.
ma.ni/mo*.go*
多吃一點。（對朋友或晚輩說）

你可以這樣回答

벌써 많이 먹었잖아요. 더 못 먹겠어요.
bo*l.sso*/ma.ni/mo*.go*t.jja.na.yo//do*/mot/mo*k.ge.sso*.yo
我已經吃很多了，再也吃不下了。

제가 한턱 낼게요.
je.ga/han.to*k/ne*l.ge.yo
我請客。

輕鬆背單字

제	je	代	我
한턱을 내다	han.to*.geul/ne*.da	詞組	請客

你也可以這樣說

제가 내겠습니다.
je.ga/ne*.get.sseum.ni.da
我來付錢。

더치 페이로 합시다.
do*.chi/pe.i.ro/hap.ssi.da
我們各自付錢吧！

오늘 저녁은 제가 사겠습니다.
o.neul/jjo*.nyo*.geun/je.ga/sa.get.sseum.ni.da
今天的晚餐我請客。

다음에 제가 내겠습니다.
da.eu.me/je.ga/ne*.get.sseum.ni.da
下次我請。

이걸 좀 싸 주세요.
i.go*l/jom/ssa/ju.se.yo
這個請幫我打包。

輕鬆背單字

이것	i.go*t	代	這個
싸다	ssa.da	動	打包／包裝

你也可以這樣說

이것 좀 싸 주시겠어요?
i.go*t/jom/ssa/ju.si.ge.sso*.yo
這個可以幫我包起來嗎？

남은 음식을 싸 주세요.
na.meun/eum.si.geul/ssa/ju.se.yo
請幫我把剩下的菜包起來。

다 못 먹었으니까 포장해 주세요.
da/mot/mo*.go*.sseu.ni.ga/po.jang.he*/ju.se.yo
我吃不完，請幫我包起來。

남은 것을 가져 가겠습니다.
na.meun/go*.seul/ga.jo*/ga.get.sseum.ni.da
剩下的我要帶走。

커피숍／술집

咖啡廳／酒吧

109

뭘 마시겠습니까?
mwol/ma.si.get.sseum.ni.ga
您要喝什麼？

輕鬆背單字

마시다	ma.si.da	動	喝
무엇	mu.o*t	代	什麼

你也可以這樣說

음료수는 무엇을 드시겠습니까?
eum.nyo.su.neun/mu.o*.seul/deu.si.get.sseum.ni.ga
您要喝什麼飲料？

你可以這樣回答

오렌지 주스 한 잔 주세요.
o.ren.ji/ju.seu/han/jan/ju.se.yo
請給我一杯柳橙汁。

아이스커피 큰 컵 한 잔 주세요.
a.i.seu.ko*.pi/keun/ko*p/han/jan/ju.se.yo
給我一杯大杯的冰咖啡。

핫 초코 한 잔 주세요.
hat/cho.ko/han/jan/ju.se.yo
請給我一杯熱可可。

110

얼음을 넣어 드릴까요?

o*.reu.meul/no*.o*/deu.ril.ga.yo

要幫您加冰塊嗎？

輕鬆背單字

얼음	o*.reum	名	冰塊
넣다	no*.ta	動	裝入／放入

你也可以這樣說

휘핑크림 올라가는데 괜찮으세요?

hwi.ping.keu.rim/ol.la.ga.neun.de/gwe*n.cha.neu.se.yo

淋上鮮奶油可以嗎？

你可以這樣回答

차에 레몬을 넣어 주세요.

cha.e/re.mo.neul/no*.o*/ju.se.yo

請幫我在茶裡加檸檬。

설탕을 넣어 주세요.

so*l.tang.eul/no*.o*/ju.se.yo

請幫我加糖。

커피에 우유를 넣어 주세요.

ko*.pi.e/u.yu.reul/no*.o*/ju.se.yo

請在咖啡裡加牛奶。

디저트는 무엇으로 하시겠어요?

di.jo*.teu.neun/mu.o*.seu.ro/
ha.si.ge.sso*.yo

您甜點要吃什麼？

輕鬆背單字

디저트	di.jo*.teu	名	飯後甜點
무엇	mu.o*t	代	什麼

你可以這樣回答

치즈케이크로 주세요.
chi.jeu.ke.i.keu.ro ju.se.yo
請給我起司蛋糕。

과일로 주세요.
gwa.il.lo/ju.se.yo
請給我水果。

푸딩 하나 주세요.
pu.ding/ha.na/ju.se.yo
請給我一個布丁。

아이스크림을 주세요.
a.i.seu.keu.ri.meul/jju.se.yo
請給我冰淇淋。

112

술 마셔요?
sul/ma.syo*.yo
你喝酒嗎？

輕鬆背單字

술	sul	名	酒
마시다	ma.si.da	動	喝

你也可以這樣說

술은 드세요?
su.reun/deu.se.yo
你喝酒嗎？

술 마시는 걸 좋아하세요?
sul/ma.si.neun/go*l/jo.a.ha.se.yo
你喜歡喝酒嗎？

你可以這樣回答

벌써 술을 끊었습니다.
bo*l.sso*/su.reul/geu.no*t.sseum.ni.da
我已經戒酒了。

저는 술을 별로 못합니다.
jo*.neun/su.reul/byo*l.lo/mo.tam.ni.da
我不太會喝酒。

한 잔 어때요?
han.jan/o*.de*.yo
要不要喝一杯？

輕鬆背單字

잔	jan	量	杯
어떻다	o*.do*.ta	形	如何／怎麼樣

你也可以這樣說

술 한 잔 하시겠어요?
sul/han/jan/ha.si.ge.sso*.yo
要不要喝一杯？

술을 마시러 갑시다
su.reul/ma.si.ro*/gap.ssi.da
一起去喝酒吧。

술 한 잔 할까요?
sul/han/jan/hal.ga.yo
一起去喝酒好嗎？

우리 포장마차에서 소주 한 잔 할래요?
u.ri/po.jang.ma.cha.e.so*/so.ju/han/jan/hal.le*.yo
我們去路邊攤喝杯燒酒如何？

114

주량이 어떻게 되세요?

ju.ryang.i/o*.do*.ke/dwe.se.yo

您的酒量如何？

輕鬆背單字

주량	ju.ryang	名	酒量
어떻다	o*.do*.ta	形	如何／怎麼樣

你可以這樣回答

난 술이 약해요.
nan/su.ri/ya.ke*.yo
我喝酒很弱。

전 주량이 한 병입니다
jo*n/ju.ryang.i/han/byo*ng.im.ni.da
我的酒量是一瓶。

그는 주량이 센 것 같아요.
geu.neun/ju.ryang.i/sen/go*t/ga.ta.yo
他的酒量似乎很好。

저는 맥주정도로는 안 취해요.
jo*.neun/me*k.jju.jo*ng.do.ro.neun/an/chwi.he*.yo
喝啤酒我不會醉。

술은 어떤 게 있나요?

su.reun/o*.do*n/ge/in.na.yo

有哪些酒？

輕鬆背單字

술	sul	名	酒
어떤	o*.do*n	冠	什麼樣的

你也可以這樣說

와인 메뉴 좀 볼까요?
wa.in/me.nyu/jom/bol.ga.yo
可以給我看一下紅酒目錄嗎？

어떤 종류의 양주가 있나요?
o*.do*n/jong.nyu.ui/yang.ju.ga/in.na.yo
有哪些種類的洋酒？

술 메뉴 좀 볼 수 있을까요?
sul/me.nyu/jom/bol/su/i.sseul.ga.yo
我可以看酒單嗎？

안주는 무엇이 있어요?
an.ju.neun/mu.o*.si/i.sso*.yo
有什麼下酒菜？

116

맥주 한 잔 주세요.
me*k.jju/han/jan/ju.se.yo
請給我一杯啤酒。

輕鬆背單字

맥주	me*k.jju	名	啤酒
잔	jan	量	杯

你也可以這樣說

저기요, 소주 한 병 컵 두개 주세요.
jo*.gi.yo//so.ju/han/byo*ng/ko*p/du.ge*/ju.se.yo
服務員，請給我一瓶燒酒兩個杯子。

소주 한 병 더 주세요.
so.ju/han/byo*ng/do*/ju.se.yo
請再給我一瓶燒酒。

칵테일 있습니까?
kak.te.il/it.sseum.ni.ga
有雞尾酒嗎？

맥주 있어요?
me*k.jju/i.sso*.yo
有啤酒嗎？

117

자, 모두들 건배합시다.

ja//mo.du.deul/go*n.be*.hap.ssi.da

來，大家一起乾杯。

輕鬆背單字

모두	mo.du	名	大家
건배하다	go*n.be*.ha.da	動	乾杯

你也可以這樣說

자, 모두들 잔을 비웁시다!
ja//mo.du.deul/jja.neul/bi.up.ssi.da
來！大家一起乾杯！

죽 비우세요.
juk/bi.u.se.yo
要喝光！

你可以對朋友或晚輩這樣說

건배!
go*n.be*
乾杯！

원샷! 원샷!
won.syat//won.syat
一口氣喝光吧！

118

여러분의 성공을 위해서 건배!
yo*.ro*.bu.nui/so*ng.gong.eul/wi.he*.so*/go*n.be*

為了各位的成功乾杯！

輕鬆背單字

여러분	yo*.ro*.bun	代	各位
성공	so*ng.gong	名	成功

你也可以這樣說

우리의 우정을 위해서 건배!
u.ri.ui/u.jo*ng.eul/wi.he*.so*/go*n.be*
為了我們的友情乾杯！

우리의 승리를 위해서 건배!
u.ri.ui/seung.ni.reul/wi.he*.so*/go*n.be*
為了我們的勝利乾杯！

여러분 모두의 행복을 위하여!
yo*.ro*.bun/mo.du.ui/he*ng.bo.geul/wi.ha.yo*
為了大家的幸福！

모두의 건강을 위해서 건배!
mo.du.ui/go*n.gang.eul/wi.he*.so*/go*n.be*
為了大家的健康，乾杯！

전화 걸기

打電話

119

여보세요, 서울 호텔이죠?

yo*.bo.se.yo//so*.ul/ho.te.ri.jyo

喂，請問是首爾飯店嗎？

輕鬆背單字

여보세요	yo*.bo.se.yo	慣	喂(電話用語)
호텔	ho.tel	名	飯店

你也可以這樣說

여보세요, 김선생님 댁이지요?
yo*.bo.se.yo//gim.so*n.se*ng.nim/de*.gi.ji.yo
喂，是金老師的家嗎？

여보세요. 거기 은행인가요?
yo*.bo.se.yo//go*.gi/eun.he*ng.in.ga.yo
喂，那裡是銀行嗎？

김나영 씨 집입니까?
gim.na.yo*ng/ssi/ji.bim.ni.ga
請問是金娜英的家嗎？

你可以這樣回答

네, 그렇습니다.
ne//geu.ro*.sseum.ni.da
是的，沒錯。

120

누구십니까?
nu.gu.sim.ni.ga
請問哪位？

輕鬆背單字

누구	nu.gu	名	誰

你也可以這樣說

누구세요?
nu.gu.se.yo
您是哪位？

어디시죠?
o*.di.si.jyo
您那裡是？

你可以這樣回答

전 방금 전화한 사람인데요.
jo*n/bang.geum/jo*n.hwa.han/sa.ra.min.de.yo
我是剛才打電話的人。

저는 이민호의 친구 김민준인데요.
jo*.neun/i.min.ho.ui/chin.gu/gim.min.ju.nin.de.yo
我是李敏浩的朋友金民俊。

121

민영 씨 집에 있어요?
mi.nyo*ng/ssi/ji.be/i.sso*.yo
敏英小姐在家嗎？

輕鬆背單字

집	jip	名	家
있다	it.da	形	有／在

你也可以這樣說

박신혜 씨 있습니까?
bak.ssin.hye/ssi/it.sseum.ni.ga
樸信惠在嗎？

이선생님 댁에 계세요?
i.so*n.se*ng.nim/de*.ge/gye.se.yo
請問李老師在家嗎？

준수 씨와 통화하고 싶습니다.
jun.su/ssi.wa/tong.hwa.ha.go/sip.sseum.ni.da
我想和俊秀講電話。

你可以這樣回答

실례지만, 누구시죠?
sil.lye.ji.man//nu.gu.si.jyo
不好意思，您是哪位？

122

김선생님 좀 바꿔 주세요.

gim.so*n.se*ng.nim/jom/ba.gwo/ju.se.yo

麻煩請金老師聽電話。

輕鬆背單字

선생님	so*n.se*ng.nim	名	老師
바꾸다	ba.gu.da	動	交換／轉換

你也可以這樣說

안녕하세요. 김사장님 부탁드립니다.
an.nyo*ng.ha.se.yo//gim.sa.jang.nim/bu.tak.deu.rim.ni.da
您好，我想找金社長。

你可以這樣回答

지금 자리를 비우셨는데요.
ji.geum/ja.ri.reul/bi.u.syo*n.neun.de.yo
他現在不在位子上。

전화를 끊지 마세요. 금방 연결해 드릴게요.
jo*n.hwa.reul/geun.chi/ma.se.yo//geum.bang/yo*n.gyo*l.he*/deu.ril.ge.yo
請您別掛斷電話，馬上幫您接通。

잠깐만요. 불러올게요.
jam.gan.ma.nyo//bul.lo*.ol.ge.yo
請稍等，我叫他來聽電話。

123

죄송하지만 지금 통화 중이십니다.

jwe.song.ha.ji.man/ji.geum/tong.hwa/jung.i.sim.ni.da

對不起，他正通話中。

輕鬆背單字

죄송하다	jwe.song.ha.da	形	慚愧／對不起
지금	ji.geum	名	現在／目前

你也可以這樣說

지금 통화 중이시니 잠시만 기다리세요.
ji.geum/tong.hwa/jung.i.si.ni/jam.si.man/gi.da.ri.se.yo
教授在講電話，請您稍等一下。

지금 자리를 비우셨는데요.
ji.geum/ja.ri.reul/bi.u.syo*n.neun.de.yo
他現在不在位子上。

你可以這樣回答

괜찮아요. 제가 나중에 다시 걸죠.
gwe*n.cha.na.yo//je.ga/na.jung.e/da.si/go*l.jyo
沒關係，我以後再打。

이따가 다시 전화 하겠습니다.
i.da.ga/da.si/jo*n.hwa/ha.get.sseum.ni.da
待會我再打電話。

124

전화 왔어요. 얼른 받으세요.

jo*n.hwa/wa.sso*.yo//o*l.leun/ba.deu.se.yo

電話響了，快接。

輕鬆背單字

전화가 오다	jo*n.hwa.ga/o.da	詞組	電話響了
얼른	o*l.leun	副	趕快

你也可以這樣說

전화 좀 받아 주세요.
jo*n.hwa/jom/ba.da/ju.se.yo
請幫我接電話。

받지 마세요.
bat.jji/ma.se.yo
請不要接電話。

왜 전화 안 받아? 빨리 받아라.
we*/jo*n.hwa/an/ba.da//bal.li/ba.da.ra
為什麼不接電話，快點接！（對朋友或晚輩說）

你可以這樣回答

전화는 제가 받을게요.
jo*n.hwa.neun/je.ga/ba.deul.ge.yo
我來接電話。

125

몇 번 거셨어요?
myo*t/bo*n/go*.syo*.sso*.yo
你撥幾號？

輕鬆背單字

몇 번	myo*t/bo*n	詞組	幾號
걸다	go*l.da	動	打（電話）

你也可以這樣說

몇 번으로 전화하셨습니까?
myo*t/bo*.neu.ro/jo*n.hwa.ha.syo*t.sseum.ni.ga
您撥打幾號呢？

잘못 거셨습니다.
jal.mot/go*.syo*t.sseum.ni.da
你打錯了。

你可以這樣回答

거기 2332-6789 아니에요?
go*.gi/i.sam.sa.mi.ui.yuk.chil.pal.gu/a.ni.e.yo
那裡是2332-6789嗎？

죄송합니다. 잘못 걸었어요.
jwe.song.ham.ni.da//jal.mot/go*.ro*.sso*.yo
對不起，我打錯電話了。

126

전화번호가 어떻게 됩니까?

jo*n.hwa.bo*n.ho.ga/o*.do*.ke/dwem.ni.ga

電話號碼是多少？

輕鬆背單字

전화	jo*n.hwa	名	電話
번호	bo*n.ho	名	號碼

你也可以這樣說

전화번호가 몇 번입니까?

jo*n.hwa.bo*n.ho.ga/myo*t/bo*.nim.ni.ga

你電話號碼幾號？

괜찮으시면 전화번호 좀 알려 주시겠어요?

gwe*n.cha.neu.si.myo*n/jo*n.hwa.bo*n.ho/jom/al.lyo*/ju.si.ge.sso*.yo

你願意的話，可以告訴我你的電話號碼嗎？

핸드폰 번호는 몇 번입니까?

he*n.deu.pon/bo*n.ho.neun/myo*t/bo*.nim.ni.ga

你的手機號碼幾號？

你可以這樣回答

제 전화번호는 010-3694-3552 입니다.

je/jo*n.hwa.bo*n.ho.neun/gong.il.gong.ui.sa.myuk.gu.sa.ui/sa.mo.o.i.im.ni.da

我的電話號碼是010-3694-3552。

127

여기서 국제전화를 할 수 있나요?

yo*.gi.so*/guk.jje.jo*n.hwa.reul/hal/ssu/in.na.yo

這裡可以打國際電話嗎？

輕鬆背單字

여기	yo*.gi	代	這裡
국제전화	guk.jje.jo*n.hwa	名	國際電話

你也可以這樣說

실례지만 국제전화는 어떻게 겁니까?
sil.lye.ji.man/guk.jje.jo*n.hwa.neun/o*.do*.ke/go*m.ni.ga
請問該怎麼打國際電話？

대만에 전화하려고 하는데요.
de*.ma.ne/jo*n.hwa.ha.ryo*.go/ha.neun.de.yo
我想打電話到台灣。

한국으로 국제전화를 하고 싶은데요.
han.gu.geu.ro/guk.jje.jo*n.hwa.reul/ha.go/si.peun.de.yo
我想打國際電話到韓國。

국제전화를 해 주실 수 있습니까?
guk.jje.jo*n.hwa.reul/he*/ju.sil/su/it.sseum.ni.ga
可以幫我撥打國際電話嗎？

128

또 전화할게요.
do/jo*n.hwa.hal.ge.yo
我再打電話給你。

輕鬆背單字

또	do	副	又／再
전화	jo*n.hwa	名	電話

你也可以這樣說

제가 전화드리죠.
je.ga/jo*n.hwa.deu.ri.jyo
我會打電話給你。

도착하자마자 곧 전화할게요.
do.cha.ka.ja.ma.ja/got/jo*n.hwa.hal.ge.yo
我一到就打電話給你。

나중에 또 전화할게요.
na.jung.e/do/jo*n.hwa.hal.ge.yo
以後我再打電話給你。

你可以這樣回答

전화 기다릴게요.
jo*n.hwa/gi.da.ril.ge.yo
我等你的電話。

129

지금 통화할 수 있어요?
ji.geum/tong.hwa.hal/ssu/i.sso*.yo
現在你可以講電話嗎？

輕鬆背單字

지금	ji.geum	名	現在／目前
통화하다	tong.hwa.ha.da	動	通話

你也可以這樣說

지금 통화할 수 있으세요?
ji.geum/tong.hwa.hal/ssu/i.sseu.se.yo
現在你可以講電話嗎？

지금 부장님하고 통화할 수 있어요?
ji.geum/bu.jang.nim.ha.go/tong.hwa.hal/ssu/i.sso*.yo
現在可以和部長通電話嗎？

你可以這樣回答

지금 좀 곤란한데 이따가 전화할게요.
ji.geum/jom/gol.lan.han.de/i.da.ga/jo*n.hwa.hal.ge.yo
現在有點不方便，待會我打電話給你。

미안하지만 전 지금 회의 중인데요.
mi.an.ha.ji.man/jo*n/ji.geum/hwe.ui/jung.in.de.yo
對不起，我現在在開會。

130

전화 끊을게요.
jo*n.hwa/geu.neul.ge.yo
我要掛電話了。

輕鬆背單字

전화	jo*n.hwa	名	電話
끊다	geun.ta	動	中斷／弄斷

你也可以這樣說

이만 전화 끊겠습니다.
i.man/jo*n.hwa/geun.ket.sseum.ni.da
我要掛電話了。

전화 주셔서 감사합니다.
jo*n.hwa/ju.syo*.so*/gam.sa.ham.ni.da
謝謝您的來電。

你可以對朋友或晚輩這樣說

다른 전화가 와서 이만 끊어야겠어.
da.reun/jo*n.hwa.ga/wa.so*/i.man/geu.no*.ya.ge.sso*
有別的電話打來，我該掛電話了。

나 가봐야 해. 나중에 또 얘기하자.
na/ga.bwa.ya/he*//na.jung.e/do/ye*.gi.ha.ja
我有事得忙了，以後再聊吧。

131

잘 안 들려요.

jal/an/deul.lyo*.yo

聽不太清楚。

輕鬆背單字

안	an	副	不
들리다	deul.li.da	動	聽見

你也可以這樣說

좀더 크게 말씀해 주세요.
jom.do*/keu.ge/mal.sseum.he*/ju.se.yo
請說大聲一點。

연결 상태가 안 좋아요.
yo*n.gyo*l/sang.te*.ga/an/jo.a.yo
收訊不佳。

你可以這樣回答

잘 들리세요?
jal/deul.li.se.yo
你聽得清楚嗎？

듣고 계세요?
deut.go/gye.se.yo
您有在聽嗎？

질문
提問

132

오늘은 몇 월 며칠입니까?

o.neu.reun/myo*t/wol/myo*.chi.rim.ni.ga

今天幾月幾號？

輕鬆背單字

몇 월	myo*t wol	詞組	幾月
며칠	myo*.chil	名	幾天

你也可以這樣說

어제는 몇 월 며칠이었어요?
o*.je.neun/myo*t/wol/myo*.chi.ri.o*.sso*.yo
昨天是幾月幾號？

다음 주 일요일이 며칠인가요?
da.eum/ju/i.ryo.i.ri/myo*.chi.rin.ga.yo
下星期日是幾號？

你可以這樣回答

오늘은 12월 20일입니다.
o.neu.reun/si.bi.wol/i.si.bi.rim.ni.da
今天是12月20號。

오늘은 2012년 12월 10일 토요일이에요.
o.neu.reun/i.cho*n.si.bi.nyo*n/si.bi.wol/si.bil/to.yo.i.ri.e.yo
今天是2012年12月10日星期六。

133

지금 몇 시입니까?
ji.geum/myo*t/si.im.ni.ga
現在幾點？

輕鬆背單字

지금	ji.geum	名	現在／目前
몇 시	myo*t si	詞組	幾點

你也可以這樣說

지금 한국시간은 몇 시예요?
ji.geum/han.guk.ssi.ga.neun/myo*t.ssi.ye.yo
現在韓國時間幾點？

你可以這樣回答

지금은 오후 2시입니다.
ji.geu.meun/o.hu/du.si.im.ni.da
現在是下午2點。

이제 곧 12시입니다.
i.je/got/yo*l.du.si.im.ni.da
馬上就要12點了。

벌써 7시다!
bo*l.sso*/il.gop.ssi.da
已經7點了。

Track 134

오늘 무슨 요일입니까?
o.neul/mu.seun/yo.i.rim.ni.ga
今天星期幾？

輕鬆背單字

무슨	mu.seun	冠	什麼
요일	yo.il	名	星期

你也可以這樣說

오늘이 목요일이에요? 금요일이에요?
o.neu.ri/mo.gyo.i.ri.e.yo//geu.myo.i.ri.e.yo
今天是星期四，還是星期五？

내일이 무슨 요일이에요?
ne*.i.ri/mu.seun/yo.i.ri.e.yo
明天星期幾？

你可以這樣回答

오늘 금요일입니다.
o.neul/geu.myo.i.rim.ni.da
今天星期五。

내일은 일요일입니다.
ne*.i.reun/i.ryo.i.rim.ni.da
明天是星期日。

오늘이 무슨 날일까요?
o.neu.ri mu.seun na.ril.ga.yo
今天是什麼日子？

輕鬆背單字

무슨	mu.seun	冠	什麼
날	nal	名	日子／日期

你也可以這樣說

오늘이 무슨 날이죠?
o.neu.ri/mu.seun/na.ri.jyo
今天是什麼日子？

你可以這樣回答

오늘은 단오절입니다.
o.neu.reun/da.no.jo*.rim.ni.da
今天是端午節。

오늘은 추석이에요.
o.neu.reun/chu.so*.gi.e.yo
今天是中秋節。

달력을 확인해 보겠어요.
dal.lyo*.geul/hwa.gin.he*/bo.ge.sso*.yo
我確認一下日曆。

오늘 날씨가 어떻습니까?

o.neul/nal.ssi.ga/o*.do*.sseum.ni.ga

今天天氣如何？

輕鬆背單字

날씨	nal.ssi	名	天氣
어떻다	o*.do*.ta	形	如何／怎麼樣

你也可以這樣說

오늘 날씨가 덥습니까?
o.neul/nal.ssi.ga/do*p.sseum.ni.ga
今天熱嗎？

오늘 기온은 몇 도입니까?
o.neul/gi.o.neun/myo*t/do.im.ni.ga
今天氣溫幾度？

그쪽의 날씨는 어떻습니까?
geu.jjo.gui/nal.ssi.neun/o*.do*.sseum.ni.ga
那裡的天氣怎麼樣？

내일 날씨가 어떻습니까?
ne*.il/nal.ssi.ga/o*.do*.sseum.ni.ga
明天天氣怎麼樣？

137

밖에 날씨가 어떤가요?
ba.ge/nal.ssi.ga/o*.do*n.ga.yo
外面天氣怎麼樣？

輕鬆背單字

밖	bak	名	外面
날씨	nal.ssi	名	天氣

你可以這樣回答

아주 맑은 날씨입니다.
a.ju/mal.geun/nal.ssi.im.ni.da
是很晴朗的好天氣。

천둥치고 있습니다.
cho*n.dung.chi.go/it.sseum.ni.da
正在打雷。

비가 내리고 있습니다.
bi.ga/ne*.ri.go/it.sseum.ni.da
正在下雨。

밖에 날씨가 좀 추워요.
ba.ge/nal.ssi.ga/jom/chu.wo.yo
外面有點冷。

138

식당은 몇 시에 시작합니까?
sik.dang.eun/myo*t/si.e/si.ja.kam.ni.ga
餐廳幾點開始營業？

輕鬆背單字

몇 시	myo*t/si	詞組	幾點
시작하다	si.ja.ka.da	動	開始

你也可以這樣說

몇 시부터 엽니까?
myo*t/si.bu.to*/yo*m.ni.ga
幾點開門呢？

영업시간은 몇 시부터 몇 시까지입니까?
yo*ng.o*p.ssi.ga.neun/myo*t/si.bu.to*/myo*t/si.ga.ji.im.ni.ga
營業時間是從幾點到幾點呢？

你可以這樣回答

오전 열시반부터 시작합니다.
o.jo*n/yo*l.si.ban.bu.to*/si.ja.kam.ni.da
上午十點半開始營業。

밤 11시에 영업을 마칩니다.
bam/yo*l.han.si.e/yo*ng.o*.beul/ma.chim.ni.da
晚上十一點打烊。

내일 안 와도 돼요?

ne*.il/an/wa.do/dwe*.yo

明天可以不來嗎？

輕鬆背單字

내일	ne*.il	名	明天
오다	o.da	動	來

你也可以這樣說

여기 앉아도 될까요?
yo*.gi/an.ja.do/dwel.ga.yo
可以做在這裡嗎？

여기서 놀아도 됩니까?
yo*.gi.so*/no.ra.do/dwem.ni.ga
可以在這裡玩嗎？

이걸 먹어도 돼?
i.go*l/mo*.go*.do/dwe*
我可以吃這個嗎？（對朋友或晚輩說）

你可以這樣回答

네, 안 오셔도 됩니다.
ne//an/o.syo*.do/dwem.ni.da
是的，你可以不來。

140

뭐라고요?

mwo.ra.go.yo

你說什麼？

輕鬆背單字

뭐	mwo	代	什麼

你也可以這樣說

방금 뭐라고 했어요?
bang.geum/mwo.ra.go/he*.sso*.yo
你剛才說什麼？

그게 무슨 뜻이죠?
geu.ge/mu.seun/deu.si.jyo
這是什麼意思？

다시 한번 말해 주시겠어요?
da.si/han.bo*n/mal.he*/ju.si.ge.sso*.yo
你可以再說一次嗎？

무슨 뜻인지 잘 모르겠어요.
mu.seun/deu.sin.ji/jal/mo.reu.ge.sso*.yo
我不太懂是什麼意思。

어디 가세요?
o*.di/ga.se.yo
你要去哪裡？

輕鬆背單字

어디	o*.di	代	哪裡
가다	ga.da	動	去

你也可以這樣說

어디 가십니까?
o*.di/ga.sim.ni.ga
您要去哪裡？

넌 어디 가냐?
no*n/o*.di/ga.nya
你要去哪裡？(對朋友或晚輩說)

你可以這樣回答

전 회사에 가요.
jo*n/hwe.sa.e/ga.yo
我要去上班。

우표 사러 우체국에 가는 길이에요.
u.pyo/sa.ro*/u.che.gu.ge/ga.neun/gi.ri.e.yo
我要去郵局買郵票。

142

뭐 하세요?
mwo/ha.se.yo
你（您）在做什什麼？

輕鬆背單字

무엇	mu.o*t	代	什麼
하다	ha.da	動	做

你也可以這樣說

뭐 해요?
mwo/he*.yo
你在做什麼？

지금 뭘 하고 있습니까?
ji.geum/mwol/ha.go/it.sseum.ni.ga
你在做什麼？

你可以對朋友或晚輩這樣說

뭐 해?
mwo/he*
你在做什麼？

지금 뭐 하고 있니?
ji.geum/mwo/ha.go/in.ni
你在做什麼？

오늘은 뭐 할 거예요?

o.neu.reun/mwo/hal/go*.ye.yo

今天你要做什麼？

輕鬆背單字

오늘	o.neul	名	今天
뭐	mwo	代	什麼

你也可以這樣說

오늘 저녁에 뭐 할 거예요?
o.neul/jjo*.nyo*.ge/mwo/hal/go*.ye.yo
你今晚要做什麼？

이번 주말에 뭐 할 거예요?
i.bo*n/ju.ma.re/mwo/hal/go*.ye.yo
這週末你要做什麼？

근석 씨는 뭐 할 거예요?
geun.so*k/ssi.neun/mwo/hal/go*.ye.yo
根碩你要做什麼？

你可以這樣回答

그냥 집에서 영화나 볼 거예요.
geu.nyang/ji.be.so*/yo*ng.hwa.na/bol/go*.ye.yo
我要在家看電影。

144

취미는 무엇입니까?

chwi.mi.neun/mu.o*.sim.ni.ga

您的興趣是什麼？

輕鬆背單字

취미	chwi.mi	名	興趣
무엇	mu.o*t	代	什麼

你也可以這樣說

취미가 뭐예요?

chwi.mi.ga/mwo.ye.yo

興趣是什麼？

你可以這樣回答

제 취미는 사진찍기입니다.

je/chwi.mi.neun/sa.jin.jjik.gi.im.ni.da

我的興趣是拍照。

제 취미는 우표 수집입니다.

je/chwi.mi.neun/u.pyo/su.ji.bim.ni.da

我的興趣是收集郵票。

저는 특별한 취미는 없습니다.

jo*.neun/teuk.byo*l.han/chwi.mi.neun/o*p.sseum.ni.da

我沒有特殊的愛好。

그래요?
geu.re*.yo
是嗎？

輕鬆背單字

그렇다	geu.ro*.ta	形	那樣／那麼

你也可以這樣說

정말이에요?
jo*ng.ma.ri.e.yo
真的嗎？

그렇습니까?
geu.ro*.sseum.ni.ga
是嗎？

그게 사실이에요?
geu.ge/sa.si.ri.e.yo
那是真的嗎？

你可以對朋友或晚輩這樣說

진짜야?
jin.jja.ya
真的嗎？

146

질문 하나 해도 될까요?
jil.mun/ha.na/he*.do/dwel.ga.yo
我可以問個問題嗎？

輕鬆背單字

질문	jil.mun	名	詢問／提問
하나	ha.na	數	一（個）

你也可以這樣說

질문이 있습니다. 물어봐도 될까요?
jil.mu.ni/it.sseum.ni.da//mu.ro*.bwa.do/dwel.ga.yo
我有個問題，我可以問嗎？

뭐 하나 질문해도 될까요?
mwo/ha.na/jil.mun.he*.do/dwel.ga.yo
我想問個問題，可以嗎？

你可以這樣回答

더 이상 물어보지 마세요.
do*/i.sang/mu.ro*.bo.ji/ma.se.yo
請你不要再問了。

그건 비밀이에요.
geu.go*n/bi.mi.ri.e.yo
那是秘密。

147

무슨 일을 하세요?
mu.seun/i.reul/ha.se.yo
您的工作是？

輕鬆背單字

무슨	mu.seun	冠	什麼
일	il	名	事情／工作

你也可以這樣說

직업이 뭐예요?
ji.go*.bi/mwo.ye.yo
您的職業是什麼？

하시는 일이 뭐예요?
ha.si.neun/i.ri/mwo.ye.yo
您的職業是什麼？

어디서 일하십니까?
o*.di.so*/il.ha.sim.ni.ga
您在哪裡工作？

你可以這樣回答

저는 의사예요. 병원에서 일해요.
jo*.neun/ui.sa.ye.yo//byo*ng.wo.ne.so*/il.he*.yo
我是醫生，在醫院工作。

148

어떻습니까?
o*.do*.sseum.ni.ga
如何呢？

輕鬆背單字

어떻다	o*.do*.ta	形	如何／怎麼樣

你也可以這樣說

어때요?
o*.de*.yo
如何呢？

어떻게 생각해요?
o*.do*.ke/se*ng.ga.ke*.yo
你怎麼認為？

회의가 어떻습니까?
hwe.ui.ga/o*.do*.sseum.ni.ga
開會開得如何？

결과가 어때요?
gyo*l.gwa.ga/o*.de*.yo
結果怎麼樣？

149

그것이 무엇입니까?
geu.go*.si/mu.o*.sim.ni.ga
那是什麼？

輕鬆背單字

그것	geu.go*t	代	那個
무엇	mu.o*t	名	什麼

你也可以這樣說

이것이 무엇입니까?
i.go*.si/mu.o*.sim.ni.ga
這是什麼？

저것은 뭐예요?
jo*.go*.seun/mwo.ye.yo
那是什麼？

이건 과일이야?
i.go*n/gwa.i.ri.ya
這是水果嗎？（對朋友或晚輩說）

你可以這樣回答

이건 편지가 아니에요.
i.go*n/pyo*n.ji.ga/a.ni.e.yo
這不是信。

무슨 일이 있어요?

mu.seun/i.ri/i.sso*.yo

有什麼事呢？

輕鬆背單字

무슨	mu.seun	冠	什麼
일	il	名	事情

你也可以這樣說

무슨 일 생겼어요?
mu.seun/il/se*ng.gyo*.sso*.yo
發生了什麼事情嗎？

무슨 일 때문에 그래요?
mu.seun/il/de*.mu.ne/geu.re*.yo
為了什麼事情這樣呢？

왜 그래요?
we*/geu.re*.yo
怎麼了？

你可以對朋友或晚輩這樣說

너 안색이 안 좋아 보여. 무슨 일이야?
no*/an.se*.gi/an/jo.a/bo.yo*//mu.seun/i.ri.ya
你臉色看來不好，什麼事情啊？

151

지금 시간 있어요?

ji.geum/si.gan/i.sso*.yo

現在有空嗎？

輕鬆背單字

지금	ji.geum	名	現在／目前
시간	si.gan	名	時間

你也可以這樣說

지금 바쁘세요?
ji.geum/ba.beu.se.yo
現在忙嗎？

지금 한가하십니까?
ji.geum/han.ga.ha.sim.ni.ga
現在有閒空嗎？

你可以對朋友或晚輩這樣說

민정아, 지금 바쁘니?
min.jo*ng.a//ji.geum/ba.beu.ni
敏靜，你現在忙嗎？

시간 좀 내 줘.
si.gan/jom/ne*/jwo
抽點時間給我。

152

제 말을 이해합니까?
je/ma.reul/i.he*.ham.ni.ga
聽得懂我講的話嗎？

輕鬆背單字

말	mal	名	話
이해하다	i.he*.ha.da	動	理解／了解

你也可以這樣說

이해합니까?
i.he*.ham.ni.ga
懂了嗎？

알아들어요?
a.ra.deu.ro*.yo
聽得懂嗎？

무슨 문제 있습니까?
u.seun/mun.je/it.sseum.ni.ga
有什麼問題嗎？

你可以這樣回答

이해 잘 못합니다. 다시 말씀해 주세요.
i.he*/jal/mo.tam.ni.da//da.si/mal.sseum.he*/ju.se.yo
不太了解，請再說一次。

153

어떡하죠?
o*.do*.ka.jyo
怎麼辦？

輕鬆背單字

어떡하다	o*.do*.ka.da	動
中譯：怎麼做（為어떠하게 하다的縮寫）		

你也可以這樣說

엄마, 저는 어떡하면 좋을까요?
o*m.ma//jo*.neun/o*.do*.ka.myo*n/jo.eul.ga.yo
媽，我該怎麼做才好？

어떻게 해야 할지 모르겠어요.
o*.do*.ke/he*.ya/hal.jji/mo.reu.ge.sso*.yo
我不知道該怎麼辦。

你可以對朋友或晚輩這樣說

어떻게 하면 좋을까？
o*.do*.ke/ha.myo*n/jo.eul.ga
該怎麼辦才好？

어떡하지?
o*.do*.ka.ji
怎麼辦？

154

연세가 어떻게 되십니까?
yo*n.se.ga/o*.do*.ke/dwe.sim.ni.ga
請問您貴庚？

輕鬆背單字

연세	yo*n.se	名	年紀

你也可以這樣說

나이가 어떻게 되세요?
na.i.ga/o*.do*.ke/dwe.se.yo
你的年齡是？

몇 살이야?
myo*t/sa.ri.ya
你幾歲？(對朋友或晚輩說)

너는 몇 살이니?
no*.neun/myo*t/sa.ri.ni
你幾歲？(對朋友或晚輩說)

你可以這樣回答

쉰 살입니다.
swin/sa.rim.ni.da
我五十歲。

155

한국어를 할 줄 아세요?

han.gu.go*.reul/hal/jjul/a.se.yo

你會說韓語嗎？

輕鬆背單字

한국어	han.gu.go*	名	韓國語
알다	al.da	動	知道／會／明白

你也可以這樣說

한국어를 말할 수 있어요?
han.gu.go*.reul/mal.hal/ssu/i.sso*.yo
你會說韓語嗎？

你可以這樣回答

네. 조금 할 줄 압니다.
ne//jo.geum/hal/jjul/am.ni.da
是的，會一點。

아니요, 전혀 못 해요.
a.ni.yo//jo*n.hyo*/mot/he*.yo
不，完全不會。

아니요, 할 줄 모릅니다.
a.ni.yo//hal/jjul/mo.reum.ni.da
不，我不會。

아주 먼 길이에요?

a.ju/mo*n/gi.ri.e.yo

路程很遠嗎？

輕鬆背單字

아주	a.ju	副	很／非常
길	gil	名	路

你也可以這樣說

멀어요?
mo*.ro*.yo
遠嗎？

가까워요?
ga.ga.wo.yo
很近嗎？

你可以這樣回答

멀지 않습니다.
mo*l.ji/an.sseum.ni.da
不遠。

좀 멉니다.
jom/mo*m.ni.da
有點遠。

뭘 좋아해요?

mwol/jo.a.he*.yo

你喜歡什麼？

輕鬆背單字

무엇	mu.o*t	代	什麼
좋아하다	jo.a.ha.da	動	喜歡

你也可以這樣說

커피는 뭘 좋아해요?
ko*.pi.neun/mwol/jo.a.he*.yo
你喜歡什麼咖啡？

영화배우는 누구를 좋아해요?
yo*ng.hwa.be*.u.neun/nu.gu.reul/jjo.a.he*.yo
電影演員你喜歡誰？

누구를 가장 좋아해요?
nu.gu.reul/ga.jang/jo.a.he*.yo
你最喜歡誰？

무슨 음식을 좋아합니까?
mu.seun/eum.si.geul/jjo.a.ham.ni.ga
你喜歡什麼食物？

Track 158

당신은 누구입니까?
dang.si.neun/nu.gu.im.ni.ga
您是誰？

輕鬆背單字

당신	dang.sin	代	您
누구	nu.gu	代	誰

你也可以這樣說

그 분은 누구입니까?
geu/bu.neun/nu.gu.im.ni.ga
那位是誰？

어느 분이 아버님이세요?
o*.neu/bu.ni/a.bo*.ni.mi.se.yo
哪一位是你父親？

그 여자가 누구예요?
geu/yo*.ja.ga/nu.gu.ye.yo
那個女生是誰？

你可以對朋友或晚輩這樣說

넌 누구야?
no*n/nu.gu.ya
你是誰？

159

아무도 없어요?
a.mu.do/o*p.sso*.yo
沒有人嗎？

輕鬆背單字

아무	a.mu	代	誰／任何人
없다	o*p.da	形	沒有

你也可以這樣說

거기 누구 없어요?
go*.gi/nu.gu/o*p.sso*.yo
那裡沒有人嗎？

누가 없어요?
nu.ga/o*p.sso*.yo
有人嗎？

거기 아무도 안 계세요?
go*.gi/a.mu.do/an/gye.se.yo
那裡一個人也沒有嗎？

你可以對朋友或晚輩這樣說

집에 아무도 없니?
ji.be/a.mu.do/o*m.ni
家裡沒有人嗎？

도움
幫助

160

좀 도와 주시겠습니까?

jom/do.wa/ju.si.get.sseum.ni.ga

可以幫忙嗎？

輕鬆背單字

좀	jom	副	一點／一下
도와 주다	do.wa/ju.da	動	幫忙／幫助

你也可以這樣說

경찰아저씨, 도와 주세요.
gyo*ng.cha.ra.jo*.ssi//do.wa/ju.se.yo
警察先生，請幫幫我。

이걸 좀 도와 주세요.
i.go*l/jom/do.wa/ju.se.yo
請幫我做這個。

한 가지 부탁할 일이 있습니다.
han/ga.ji/bu.ta.kal/i.ri/it.sseum.ni.da
有件事情，想拜託您。

你可以這樣回答

도와주셔서 감사합니다.
do.wa.ju.syo*.so*/gam.sa.ham.ni.da
謝謝你的幫助。

161

뭐 좀 부탁 드려도 돼요?
mwo/jom/bu.tak/deu.ryo*.do/dwe*.yo
可以拜託你幫忙嗎？

輕鬆背單字

부탁	bu.tak	名	託付／委託
드리다	deu.ri.da	動	致／給（주다的敬語）

你可以這樣回答

어떻게 도와 드릴까요?
o*.do*.ke/do.wa/deu.ril.ga.yo
要怎麼幫您呢？

무엇을 도와 드릴까요?
mu.o*.seul/do.wa/deu.ril.ga.yo
要幫您什麼？

정말 미안해요. 도와줄 수가 없어요.
jo*ng.mal/mi.an.he*.yo//do.wa.jul/su.ga/o*p.sso*.yo
真對不起，我沒辦法幫助你。

문제없어요. 꼭 도와줄게요.
mun.je.o*p.sso*.yo//gok/do.wa.jul.ge.yo
沒問題，我一定幫你。

162

제가 길을 잃었어요.

je.ga/gi.reul/i.ro*.sso*.yo

我迷路了。

輕鬆背單字

길을 잃다	gi.reul/il.ta	詞組	迷路

你也可以這樣說

실례하지만 길을 좀 물어도 되겠습니까?
sil.lye.ha.ji.man/gi.reul/jjom/mu.ro*.do/dwe.get.seum.ni.ga
不好意思，可以問個路嗎？

길을 좀 물어 봐도 될까요?
gi.reul/jjom/mu.ro*/bwa.do/dwel.ga.yo
我可以問個路嗎？

실례합니다. 잠깐 여쭙겠습니다.
sil.lye.ham.ni.da//jam.gan/yo*.jjup.get.sseum.ni.da
不好意思，請問一下。

你可以這樣回答

어디로 가십니까?
o*.di.ro/ga.sim.ni.ga
您要去哪裡？

163

어떻게 가야 됩니까?
o*.do*.ke/ga.ya/dwem.ni.ga
該怎麼去呢？

輕鬆背單字

어떻다	o*.do*.ta	形	如何／怎麼樣
가다	ga.da	動	去

你也可以這樣說

경복궁에 어떻게 가야 됩니까?
gyo*ng.bok.gung.e/o*.do*.ke/ga.ya/dwem.ni.ga
景福宮該怎麼去呢？

죄송하지만 신세계백화점은 어떻게 갑니까?
jwe.song.ha.ji.man/sin.se.gye.be*.kwa.jo*.meun/o*.do*.ke/gam.ni.ga
對不起，請問新世界百貨公司怎麼走？

롯데월드는 어떻게 가면 됩니까?
rot.de.wol.deu.neun/o*.do*.ke/ga.myo*n/dwem.ni.ga
樂天世界要怎麼去？

你可以這樣回答

택시를 타고 가세요.
te*k.ssi.reul/ta.go/ga.se.yo
請搭計程車去。

164

여기는 어디입니까?

yo*.gi.neun/o*.di.im.ni.ga

這裡是哪裡？

輕鬆背單字

여기	yo*.gi	代	此處／這裡
어디	o*.di	代	哪裡

你也可以這樣說

실례하지만 여기는 어디입니까?
sil.lye.ha.ji.man/yo*.gi.neun/o*.di.im.ni.ga
請問這裡是哪裡？

지금 제가 있는 곳은 어디입니까?
ji.geum/je.ga/in.neun/go.seun/o*.di.im.ni.ga
現在我所在的地方是哪裡？

여긴 어디야?
yo*.gin/o*.di.ya
這裡是哪裡？(對朋友或晚輩說)

你可以這樣回答

여기는 남대문시장입니다.
yo*.gi.neun/nam.de*.mun.si.jang.im.ni.da
這裡是南大門市場。

165

사진 좀 찍어 주세요.

sa.jin/jom/jji.go*.ju.se.yo

請幫我照相。

輕鬆背單字

사진	sa.jin	名	照片
찍다	jjik.da	動	拍（照）

你也可以這樣說

실례합니다. 사진 좀 찍어 주시겠습니까?
sil.lye.ham.ni.da//sa.jin/jom/jji.go*/ju.si.get.sseum.ni.ga
不好意思，你可以幫我拍照嗎？

여기서 우리들을 찍어 주십시오.
yo*.gi.so*/u.ri.deu.reul/jji.go*/ju.sip.ssi.o
請在這裡幫我們拍照。

你可以這樣回答

어떻게 찍어 드릴까요?
o*.do*.ke/jji.go*/deu.ril.ga.yo
我要怎麼幫您拍？

웃으세요.
u.seu.se.yo
笑一個！

쇼핑

購物

166

우리 쇼핑하러 갈까요?

u.ri/syo.ping.ha.ro*/gal.ga.yo

我們去逛街好不好？

輕鬆背單字

우리	u.ri	代	我們
쇼핑하다	syo.ping.ha.da	動	逛街／購物

你也可以這樣說

저와 함께 쇼핑하러 가지 않을래요?
jo*.wa/ham.ge/syo.ping.ha.ro*/ga.ji/a.neul.le*.yo
要不要和我一起去逛街？

토요일에 같이 쇼핑하러 갈까요?
to.yo.i.re/ga.chi/syo.ping.ha.ro*/gal.ga.yo
星期六一起去逛街好不好？

같이 쇼핑하러 가자.
ga.chi/syo.ping.ha.ro*/ga.ja
一起去購物吧。(對朋友或晚輩說)

你可以這樣回答

좋아요. 저도 사고 싶은 것이 있어요.
jo.a.yo//jo*.do/sa.go/si.peun/go*.si/i.sso*.yo
好啊！我也有想買的東西。

167

무엇을 삽니까?

mu.o*.seul/ssam.ni.ga

買什麼？

輕鬆背單字

무엇	mu.o*t	代	什麼
사다	sa.da	動	買

你也可以這樣說

뭘 사요?
mwol/sa.yo
買什麼？

뭘 사고 싶어요?
mwol/sa.go/si.po*.yo
你想買什麼？

你可以對朋友或晚輩這樣說

뭘 사고 싶니?
mwol/sa.go/sim.ni
你想買什麼？

뭐 사고 싶은 거라도 있어?
mwo/sa.go/si.peun/go*.ra.do/i.sso*
你有什麼想買的嗎？

168

이 근처에 옷가게가 있나요?

i/geun.cho*.e/ot.ga.ge.ga/in.na.yo

這附近有服飾店嗎？

輕鬆背單字

근처	geun.cho*	名	附近
옷가게	ot.ga.ge	名	服飾店

你也可以這樣說

이 근처에 백화점이 있습니까?
i/geun.cho*.e/be*.kwa.jo*.mi/it.sseum.ni.ga
這附近有百貨公司嗎？

여기의 쇼핑가는 어디에 있습니까?
yo*.gi.ui/syo.ping.ga.neun/o*.di.e/it.sseum.ni.ga
這裡的商店街在哪裡？

서점은 어디에 있습니까?
so*.jo*.meun/o*.di.e/it.sseum.ni.ga
書局在哪裡？

169

여성복은 몇 층에 있나요?

yo*.so*ng.bo.geun/myo*t/cheung.e/in.na.yo

女性服飾在幾樓？

輕鬆背單字

여성복	yo*.so*ng.bok	名	女性服飾
몇 층	myo*t/cheung	詞組	幾樓

你也可以這樣說

속옷 매장은 어디입니까?
so.got/me*.jang.eun/o*.di.im.ni.ga
內衣賣場在哪裡？

식료품은 지하에 있습니까?
sing.nyo.pu.meun/ji.ha.e/it.sseum.ni.ga
食品在地下樓層嗎？

그것은 몇 층에 있습니까?
geu.go*.seun/myo*t/cheung.e/it.sseum.ni.ga
那個在幾樓？

你可以這樣回答

6층입니다. 엘리베이터 오른쪽에 있습니다.
yuk.cheung.im.ni.da//el.li.be.i.to*/o.reun.jjo.ge/
it.sseum.ni.da
在六樓，電梯在右邊。

170

어서 오세요. 뭘 찾으세요?

o*.so*/o.se.yo//mwol/cha.jeu.se.yo

歡迎光臨，在找什麼嗎？

輕鬆背單字

어서 오세요	o*.so* o.se.yo	慣	歡迎光臨
찾다	chat.da	動	尋找

你也可以這樣說

어서 오십시오. 무엇을 찾으십니까?
o*.so*/o.sip.ssi.o//mu.o*.seul/cha.jeu.sim.ni.ga
歡迎光臨，您要找什麼嗎？

뭘 찾으시는 것은 없으세요?
mwol/cha.jeu.si.neun/go*.seun/o*p.sseu.se.yo
您有要找的嗎？

어떤 것을 찾으세요?
o*.do*n/go*.seul/cha.jeu.se.yo
您在找什麼？

你可以這樣回答

긴 치마를 찾고 있습니다.
gin/chi.ma.reul/chat.go/it.sseum.ni.da
我在找長裙。

여기 화장품을 팝니까?

yo*.gi/hwa.jang.pu.meul/pam.ni.ga

這裡有買化妝品嗎？

輕鬆背單字

화장품	hwa.jang.pum	名	化妝品
팔다	pal.da	動	賣

你也可以這樣說

싼 옷은 어디서 살 수 있나요?
ssan/o.seun/o*.di.so*/sal/ssu/in.na.yo
便宜的衣服在哪裡買呢？

남성용 향수 파나요?
nam.so*ng.yong/hyang.su/pa.na.yo
有賣男性香水嗎？

샌들을 사고 싶은데 여기 있습니까?
se*n.deu.reul/ssa.go/si.peun.de/yo*.gi/it.sseum.ni.ga
我想買涼鞋，這裡有嗎？

여기 선글라스를 팝니까?
yo*.gi/so*n.geul.la.seu.reul/pam.ni.ga
這裡有賣墨鏡嗎？

172

천천히 구경하세요.

cho*n.cho*n.hi/gu.gyo*ng.ha.se.yo

請慢慢看。

輕鬆背單字

천천히	cho*n.cho*n.hi	副	慢慢地
구경하다	gu.gyo*ng.ha.da	動	參觀／觀賞

你也可以這樣說

어서 들어와서 구경하세요.
o*.so*/deu.ro*.wa.so*/gu.gyo*ng.ha.se.yo
快進來看看。

골라 보세요.
gol.la/bo.se.yo
挑選看看。

천천히 둘러 보세요.
cho*n.cho*n.hi/dul.lo*/bo.se.yo
請慢慢觀賞。

손님, 추천해 드릴까요?
son.nim//chu.cho*n.he*/deu.ril.ga.yo
客人，需要為您做推薦嗎？

173

무엇을 도와 드릴까요?

mu.o*.seul/do.wa/deu.ril.ga.yo

能幫您什麼忙？

輕鬆背單字

무엇	mu.o*t	代	什麼
돕다	dop.da	動	幫助／幫忙

你可以這樣回答

미니스커트를 사고 싶습니다.
mi.ni.seu.ko*.teu.reul/ssa.go/sip.sseum.ni.da
我想買迷你裙。

손가방을 보고 싶은데요.
son.ga.bang.eul/bo.go/si.peun.de.yo
我想看手提包。

모자를 찾고 있습니다.
mo.ja.reul/chat.go/it.sseum.ni.da
我在找帽子。

이것과 같은 것을 찾고 있는데요.
i.go*t.gwa/ga.teun/go*.seul/chat.go/in.neun.de.yo
我在找和這個一樣的東西。

174

지금 세일 중입니까?
ji.geum/se.il/jung.im.ni.ga
現在在打折嗎？

輕鬆背單字

지금	ji.geum	名	現在／目前
세일	se.il	名	打折／降價

你也可以這樣說

이것도 세일합니까?
i.go*t.do/se.il.ham.ni.ga
這個也在打折嗎？

몇 프로 세일합니까?
myo*t/peu.ro/se.il.ham.ni.ga
打幾折呢？

你可以這樣回答

지금 의류를 세일하고 있습니다.
ji.geum/ui.ryu.reul/sse.il.ha.go/it.sseum.ni.da
現在服飾特價中。

하나 사면 덤으로 하나 더 드립니다.
ha.na/sa.myo*n/do*.meu.ro/ha.na/do*/deu.rim.ni.da
買一個就送一個。

175

저것 좀 보여 주세요.

jo*.go*t/jom/bo.yo*/ju.se.yo

請給我看那個。

輕鬆背單字

저것	jo*.go*t	代	那個
보이다	bo.i.da	動	給看

你也可以這樣說

다른 색깔로 보여 주세요.
da.reun/se*k.gal.lo/bo.yo*/ju.se.yo
請給我看其他顏色。

저 모자 좀 보여 주세요.
jo*/mo.ja/jom/bo.yo*/ju.se.yo
給我看那個帽子。

저게 좋군요. 보여 주시겠어요?
jo*.ge/jo.ku.nyo//bo.yo*/ju.si.ge.sso*.yo
那個不錯耶！可以給我看看嗎？

그 귀걸이 좀 보여 주세요.
geu/gwi.go*.ri/jom/bo.yo*/ju.se.yo
請給我看那副耳環。

176

탈의실이 어디에 있습니까?

ta.rui.si.ri/o*.di.e/it.sseum.ni.ga

試衣間在哪裡？

輕鬆背單字

탈의실	ta.rui.sil	名	試衣間
어디	o*.di	代	哪裡

你也可以這樣說

입어봐도 될까요?
i.bo*.bwa.do/dwel.ga.yo
我可以試穿嗎？

이 바지를 입어봐도 됩니까?
i/ba.ji.reul/i.bo*.bwa.do/dwem.ni.ga
我可以試穿這件褲子嗎？

거울을 보여 주십시오.
go*.u.reul/bo.yo*/ju.sip.ssi.o
請給我照鏡子。

你可以這樣回答

탈의실은 저 쪽입니다.
ta.rui.si.reun/jo*/jjo.gim.ni.da
試衣間在那邊。

다른 색이 있습니까?

da.reun/se*.gi/it.sseum.ni.ga

有其他顏色嗎？

輕鬆背單字

색	se*k	名	顏色
있다	it.da	形	有／在

你也可以這樣說

다른 색깔은 없습니까?
da.reun/se*k.ga.reun/o*p.sseum.ni.ga
沒有其他顏色嗎？

다른 색깔로 보여 주세요.
da.reun/se*k.gal.lo/bo.yo*/ju.se.yo
請給我看其他顏色。

이것으로 검은색이 있어요?
i.go*.seu.ro/go*.meun.se*.gi/i.sso*.yo
這個有黑色嗎？

你可以這樣回答

파랑색과 빨간색밖에 없습니다.
pa.rang.se*k.gwa/bal.gan.se*k.ba.ge/o*p.sseum.ni.da
只有藍色和紅色。

Track 178

발 사이즈가 어떻게 되세요?

bal/ssa.i.jeu.ga/o*.do*.ke/dwe.se.yo

您腳的尺寸是多少？

輕鬆背單字

발	bal	名	腳
사이즈	sa.i.jeu	名	尺寸

你也可以這樣說

사이즈가 어떻게 되시죠?
sa.i.jeu.ga/o*.do*.ke/dwe.si.jyo
您的尺寸是多少？

사이즈는 몇으로 드릴까요?
sa.i.jeu.neun/myo*.cheu.ro/deu.ril.ga.yo
要幫您拿幾號呢？

어떤 사이즈가 필요합니까?
o*.do*n/sa.i.jeu.ga/pi.ryo.ham.ni.ga
你需要什麼尺寸？

你可以這樣回答

저는 37호를 신어요.
jo*.neun/sam.sip.chil.ho.reul/ssi.no*.yo
我穿37號。

179

너무 큽니다.

no*.mu/keum.ni.da

太大了。

輕鬆背單字

너무	no*.mu	副	太／很
크다	keu.da	形	大

你也可以這樣說

너무 낍니다.
no*.mu/gim.ni.da
太緊了。

이것으로 작은 사이즈가 있습니까?
i.go*.seu.ro/ja.geun/sa.i.jeu.ga/it.sseum.ni.ga
這個有小的尺寸嗎？

이것보다 더 큰 것은 없습니까?
i.go*t.bo.da/do*/keun/go*.seun/o*p.sseum.ni.ga
沒有比這個還大件的嗎？

다른 사이즈를 주세요.
da.reun/sa.i.jeu.reul/jju.se.yo
請給我別的尺寸。

180

어떤 스타일을 원하십니까?

o*.do*n/seu.ta.i.reul/won.ha.sim.ni.ga

您想要哪種樣式的呢？

輕鬆背單字

스타일	seu.ta.il	名	風格／樣式
원하다	won.ha.da	動	想要／希望

你可以這樣回答

좀 더 화려한 지갑을 보여 주세요.
jom/do*/hwa.ryo*.han/ji.ga.beul/bo.yo*/ju.se.yo
請給我看華麗一點的皮夾。

좀 수수한 건 없어요?
jom/su.su.han/go*n/o*p.sso*.yo
沒有素一點的嗎？

더 섹시한 하이힐은 없어요?
do*/sek.ssi.han/ha.i.hi.reun/o*p.sso*.yo
沒有更性感一點的高跟鞋嗎？

저는 색깔이 좀더 진한 것을 원합니다.
jo*.neun/se*k.ga.ri/jom.do*/jin.han/go*.seul/won.ham.ni.da
我要顏色深一點的。

181

다른 디자인은 있습니까?

da.reun/di.ja.i.neun/it.sseum.ni.ga

有其他的設計嗎？

輕鬆背單字

다르다	a.reu.da	形	不同／不一樣
디자인	di.ja.in	名	設計

你也可以這樣說

다른 모양은 없습니까?

da.reun/mo.yang.eun/o*p.sseum.ni.ga

沒有別的模樣嗎？

이것 말고 다른 것이 없습니까?

i.go*t/mal.go/da.reun/go*.si/o*p.sseum.ni.ga

我不要這個，沒有別的嗎？

이건 좀 그렇네요. 다른 건 없어요?

i.go*n/jom/geu.ro*n.ne.yo//da.reun/go*n/o*p.sso*.yo

這個有點…，沒有其他的嗎？

你可以這樣回答

죄송합니다만, 이거밖에 없어요.

jwe.song.ham.ni.da.man//i.go*.ba.ge/o*p.sso*.yo

對不起，只有這個。

182

이 색상이 저한테 잘 어울려요?
i/se*k.ssang.i/jo*.han.te/jal/o*.ul.lyo*.yo
這個顏色適合我嗎？

輕鬆背單字

색상	se*k.ssang	名	色相／顏色
어울리다	o*.ul.li.da	動	協調／相配

你也可以這樣說

저한테는 잘 어울리지 않는 것 같아요.
jo*.han.te.neun/jal/o*.ul.li.ji/an.neun/go*t/ga.ta.yo
好像不適合我。

나한테 어울리니?
na.han.te/o*.ul.li.ni
適合我嗎？(對朋友或晚輩說)

이 바지 어때?
i/ba.ji/o*.de*
這件褲子怎麼樣？(對朋友或晚輩說)

你可以這樣回答

손님께 그 옷이 아주 잘 어울립니다.
son.nim.ge/geu/o.si/a.ju/jal/o*.ul.lim.ni.da
那件衣服很適合您。

183

이거 얼마입니까?
i.go*/o*l.ma.im.ni.ga
這個多少錢？

輕鬆背單字

이거	i.go*	代	這個（이것的口語用法）
얼마	o*l.ma	代	多少

你也可以這樣說

이거 얼마예요?
i.go*/o*l.ma.ye.yo
這個多少錢？

가격이 얼마예요?
ga.gyo*.gi/o*l.ma.ye.yo
價格是多少？

你可以對朋友或晚輩這樣說

이거 얼마야?
i.go*/o*l.ma.ya
這個多少錢？

얼마에 샀어?
o*l.ma.e/sa.sso*
你買多少錢？

184

좀 깎아 주세요.

jom/ga.ga/ju.se.yo

算便宜一點吧！

輕鬆背單字

좀	jom	副	稍微／一點
깎다	gak.da	動	殺價／削

你也可以這樣說

좀 비싸네요. 싸게 해 주세요.
jom/bi.ssa.ne.yo//ssa.ge/he*/ju.se.yo
有點貴耶！算便宜一點吧。

너무 비싸군요.
no*.mu/bi.ssa.gu.nyo
太貴了。

좀 할인해 주실 수 있습니까?
jom/ha.rin.he*/ju.sil/su/it.sseum.ni.ga
可以算便宜一點嗎？

더 깎아 주실 수는 없나요?
do*/ga.ga/ju.sil/su.neun/o*m.na.yo
不能再便宜一點嗎？

185

이걸로 주세요.

i.go*l.lo/ju.se.yo

我要買這個。

輕鬆背單字

이것	i.go*t	代	這個(이걸是이것을的縮寫)
주다	ju.da	動	給／給予

你也可以這樣說

이것으로 하겠습니다.
i.go*.seu.ro/ha.get.sseum.ni.da
我要買這個。

그걸로 사겠습니다.
geu.go*l.lo/sa.get.sseum.ni.da
我要買那個。

이거 하나 주세요.
i.go*/ha.na/ju.se.yo
我要買一個這個。

결정했어요. 이것을 주세요.
gyo*l.jo*ng.he*.sso*.yo//i.go*.seul/jju.se.yo
我決定了，我要買這個。

186

잠시 생각 좀 해 보겠습니다.

jam.si/se*ng.gak/jom/he*/bo.get.sseum.ni.da

我再考慮一下。

輕鬆背單字

잠시	jam.si	副	暫時
생각	se*ng.gak	名	想法／思考

你也可以這樣說

지금은 결정하지 못하겠습니다.
ji.geu.meun/gyo*l.jo*ng.ha.ji/mo.ta.get.sseum.ni.da
我現在還沒辦法決定。

좀 더 구경하겠습니다.
jom/do*/gu.gyo*ng.ha.get.sseum.ni.da
我再逛逛。

좀더 돌아다녀 보겠습니다.
jom.do*/do.ra.da.nyo*/bo.get.sseum.ni.da
我再去逛逛。

다시 올게요.
da.si/ol.ge.yo
我會再來。

187

지불은 어떻게 하시겠습니까?

ji.bu.reun/o*.do*.ke/ha.si.get.sseum.ni.ga

您要怎麼付款？

輕鬆背單字

지불	ji.bul	名	支付
어떻다	o*.do*.ta	形	如何／怎麼樣

你可以這樣回答

수표로 지불해도 됩니까?
su.pyo.ro/ji.bul.he*.do/dwem.ni.ga
可以用支票付款嗎？

비자 카드를 받습니까?
bi.ja/ka.deu.reul/bat.sseum.ni.ga
可以使用visa卡嗎？

신용 카드로 지불해도 될까요?
si.nyong/ka.deu.ro/ji.bul.he*.do/dwel.ga.yo
可以刷卡嗎？

돈이 모자랍니다.
do.ni/mo.ja.ram.ni.da
我錢不夠。

188

결제는 카드로 하실 겁니까?
gyo*l.je.neun/ka.deu.ro/ha.sil/go*m.ni.ga
您要用信用卡付款嗎？

輕鬆背單字

결제	gyo*l.je	名	結清／清帳
카드	ka.deu	名	卡片

你也可以這樣說

현금인가요, 카드인가요?
hyo*n.geu.min.ga.yo//ka.deu.in.ga.yo
您要付現金還是刷卡呢？

你可以這樣回答

카드로 지불할게요.
ka.deu.ro/ji.bul.hal.ge.yo
我要用信用卡付款。

현금으로 지불하겠습니다.
hyo*n.geu.meu.ro/ji.bul.ha.get.sseum.ni.da
我要用現金付款。

여행자 수표도 사용할 수 있어요?
yo*.he*ng.ja/su.pyo.do/sa.yong.hal/ssu/i.sso*.yo
可以使用旅行支票嗎？

Track 189

포장을 해 줄 수 있어요?

po.jang.eul/he*/jul/su/i.sso*.yo

可以幫我包裝嗎？

輕鬆背單字

포장	po.jang	名	包裝

你也可以這樣說

선물용으로 포장해 주시겠어요?
so*n.mu.ryong.eu.ro/po.jang.he*/ju.si.ge.sso*.yo
要送人的，可以幫我包裝嗎？

따로따로 포장해 주세요.
da.ro.da.ro/po.jang.he*/ju.se.yo
請幫我分開包裝。

리본으로 포장해 주시겠습니까?
ri.bo.neu.ro/po.jang.he*/ju.si.get.sseum.ni.ga
可以幫我用絲帶包裝嗎？

종이 봉투 좀 주시겠어요?
jong.i/bong.tu/jom/ju.si.ge.sso*.yo
可以給我個紙袋嗎？

190

이것을 환불 받고 싶은데요.

i.go*.seul/hwan.bul/bat.go/si.peun.de.yo

這個我想退費。

輕鬆背單字

환불	hwan.bul	名	退費
받다	bat.da	動	得／收到

你也可以這樣說

이것을 환불해 줄 수 있습니까?
i.go*.seul/hwan.bul.he*/jul/su/it.sseum.ni.ga
這個可以退費嗎？

이거 교환할 수 있어요?
i.go*/gyo.hwan.hal/ssu/i.sso*.yo
這個可以換貨嗎？

다른 사이즈로 바꿔도 될까요?
da.reun/sa.i.jeu.ro/ba.gwo.do/dwel.ga.yo
我可以換成別的尺寸嗎？

你可以這樣回答

영수증이 있어야 환불할 수 있습니다.
yo*ng.su.jeung.i/i.sso*.ya/hwan.bul.hal/ssu/it.sseum.ni.da
要有收據，才可以退費。

일상생활
日常生活

191

일어나세요.
i.ro*.na.se.yo
請起床。

輕鬆背單字

일어나다	i.ro*.na.da	動	起床／起來

你也可以這樣說

빨리 일어나요!
bal.li/i.ro*.na.yo
快點起床！

다들 일어나세요!
da.deul/i.ro*.na.se.yo
大家快起床。

어서 일어나야지.
o*.so*/i.ro*.na.ya.ji
快點起床了。(對朋友或晚輩說)

你可以這樣回答

알았어요. 이제 일어날게요.
a.ra.sso*.yo//i.je/i.ro*.nal.ge.yo
我知道了，我要起床了。

192

이 소포를 미국으로 보내고 싶어요.

i/so.po.reul/mi.gu.geu.ro/bo.ne*.go/si.po*.yo

我想把這包裹寄到美國。

輕鬆背單字

소포	so.po	名	包裹
보내다	bo.ne*.da	動	寄／寄送

你也可以這樣說

한국으로 이 소포를 부치고 싶은데요.
han.gu.geu.ro/i/so.po.reul/bu.chi.go/si.peun.de.yo
我要想把這包裹寄到韓國。

일본까지 항공편으로 보내 주세요.
il.bon.ga.ji/hang.gong.pyo*.neu.ro/bo.ne*/ju.se.yo
請用空運寄到日本。

이 편지를 대만으로 부치고 싶습니다.
i/pyo*n.ji.reul/de*.ma.neu.ro/bu.chi.go/sip.sseum.ni.da
我想將這封信寄到台灣。

배편으로 대만으로 짐을 부치고 싶은데요.
be*.pyo*.neu.ro/de*.ma.neu.ro/ji.meul/bu.chi.go/si.peun.de.yo
我想用船運把行李寄到台灣。

193

어떻게 보내 드릴까요?

o*.do*.ke/bo.ne*/deu.ril.ga.yo

要怎麼幫您寄？

輕鬆背單字

어떻다	o*.do*.ta	形	如何
보내다	bo.ne*.da	動	寄／寄送

你可以這樣回答

속달로 부탁합니다.
sok.dal.lo/bu.ta.kam.ni.da
請用快遞寄出。

빠른 우편으로 부탁합니다.
ba.reun/u.pyo*.neu.ro/bu.ta.kam.ni.da
我要用快件寄出。

선편으로 부탁합니다.
so*n.pyo*.neu.ro/bu.ta.kam.ni.da
請用船運寄出。

등기로 부탁합니다.
deung.gi.ro/bu.ta.kam.ni.da
請用掛號寄出。

194

대만까지 며칠이면 도착합니까?

de*.man.ga.ji/myo*.chi.ri.myo*n/
do.cha.kam.ni.ga

送達台灣需要幾天時間？

輕鬆背單字

대만	de*.man	地	台灣
도착하다	do.cha.ka.da	動	抵達

你也可以這樣說

제 편지가 언제 그곳에 도착할까요?
je/pyo*n.ji.ga/o*n.je/geu.go.se/do.cha.kal.ga.yo
我的信何時會抵達那個地方呢？

이 소포가 언제쯤 대만에 도착할까요?
i/so.po.ga/o*n.je.jjeum/de*.ma.ne/do.cha.kal.ga.yo
這個包裹何時會抵達台灣呢？

你可以這樣回答

이틀 후에 도착할 겁니다.
i.teul/hu.e/do.cha.kal/go*m.ni.da
兩天後會送達。

항공편으로 일주일 걸립니다.
hang.gong.pyo*.neu.ro/il.ju.il/go*l.lim.ni.da
空運要一個星期。

195

환전해 주세요.
hwan.jo*n.he*/ju.se.yo
請幫我換錢。

輕鬆背單字

환전하다	hwan.jo*n.ha.da	動	換錢

你也可以這樣說

여기서 돈을 바꿀 수 있습니까?
yo*.gi.so*/do.neul/ba.gul/su/it.sseum.ni.ga
這裡可以換錢嗎？

환전하러 왔습니다.
hwan.jo*n.ha.ro*/wat.sseum.ni.da
我是來換錢的。

오늘 환율은 얼마죠?
o.neul/hwa.nyu.reun/o*l.ma.jyo
今天的匯率多少？

你可以這樣回答

얼마를 바꿔 드릴까요?
o*l.ma.reul/ba.gwo/deu.ril.ga.yo
要幫您換多少錢？

196

헤어스타일을 바꾸고 싶은데요.
he.o*.seu.ta.i.reul/ba.gu.go/si.peun.de.yo
我想改變髮型。

輕鬆背單字

헤어스타일	he.o*.seu.ta.il	名	髮型
바꾸다	ba.gu.da	動	更換／改變

你也可以這樣說

머리 염색을 하고 싶습니다.
mo*.ri/yo*m.se*.geul/ha.go/sip.sseum.ni.da
我想染髮。

손톱에 매니큐어를 칠하고 싶은데요.
son.to.be/me*.ni.kyu.o*.reul/chil.ha.go/si.peun.de.yo
我想在指甲上擦指甲油。

머리카락을 자르고 싶습니다.
mo*.ri.ka.ra.geul/jja.reu.go/sip.sseum.ni.da
我想剪頭髮。

파마를 하려고요.
pa.ma.reul/ha.ryo*.go.yo
我想燙頭髮。

197

어떤 스타일로 해 드릴까요?

o*.do*n/seu.ta.il.lo/he*/deu.ril.ga.yo

您要剪哪種髮型呢？

輕鬆背單字

어떤	o*.do*n	冠	什麼樣的
스타일	seu.ta.il	名	風格／樣式

你也可以這樣說

어떤 머리 스타일을 원하세요?
o*.do*n/mo*.ri/seu.ta.i.reul/won.ha.se.yo
您想要什麼樣的髮型？

你可以這樣回答

곱슬곱슬하게 해 주십시오.
gop.sseul.gop.sseul.ha.ge/he*/ju.sip.ssi.o
請幫我弄捲。

스트레이트 파마를 해 주세요.
seu.teu.re.i.teu/pa.ma.reul/he*/ju.se.yo
請幫我燙直髮。

이 사진대로 잘라 주시겠어요?
i/sa.jin.de*.ro/jal.la/ju.si.ge.sso*.yo
可以照著這張照片幫我剪嗎？

198

머리를 어떻게 잘라 드릴까요?

mo*.ri.reul/o*.do*.ke/jal.la/deu.ril.ga.yo

頭髮要怎麼幫您剪？

輕鬆背單字

머리	mo*.ri	名	頭髮／頭
자르다	ja.reu.da	動	剪／弄斷

你也可以這樣說

길이를 얼마나 짧게 해드릴까요?
gi.ri.reul/o*l.ma.na/jjap.ge/he*.deu.ril.ga.yo
長度要幫您剪多短？

你可以這樣回答

너무 짧게는 자르지 마세요.
no*.mu/jjap.ge.neun/ja.reu.ji/ma.se.yo
請不要剪太短。

앞머리 좀 잘라 주세요.
am.mo*.ri/jom/jal.la/ju.se.yo
請幫我剪劉海。

어깨길이만큼 잘라 주세요.
o*.ge*.gi.ri.man.keum/jal.la/ju.se.yo
請幫我剪到肩膀的長度。

199

무슨 색으로 염색하고 싶으세요?

mu.seun/se*.geu.ro/yo*m.se*.ka.go/si.peu.se.yo

您想染什麼顏色？

輕鬆背單字

색	se*k	名	顏色
염색하다	yo*m.se*.ka.da	動	染色

你也可以這樣說

무슨 색을 원하십니까?
mu.seun/se*.geul/won.ha.sim.ni.ga
您要染什麼顏色？

你可以這樣回答

장미색으로 염색해 주실래요?
jang.mi.se*.geu.ro/yo*m.se*.ke*/ju.sil.le*.yo
你可以幫我染玫瑰色嗎？

머리를 검은색으로 염색하고 싶어요.
mo*.ri.reul/go*.meun.se*.geu.ro/yo*m.se*.ka.go/si.po*.yo
我想把頭髮染成黑色的。

갈색으로 염색해 주세요.
gal.sse*.geu.ro/yo*m.se*.ke*/ju.se.yo
請幫我染成棕色。

200

병원이 어디에 있습니까?

byo*ng.wo.ni/o*.di.e/it.sseum.ni.ga

醫院在哪裡？

輕鬆背單字

병원	byo*ng.won	名	醫院
어디	o*.di	代	哪裡

你也可以這樣說

약국이 어디에 있습니까?
ak.gu.gi/o*.di.e/it.sseum.ni.ga
藥局在哪裡？

이 근처엔 피부과가 있습니까?
i/geun.cho*.en/pi.bu.gwa.ga/it.sseum.ni.ga
這附近有皮膚科嗎？

집 근처에 안과가 있나요?
jip/geun.cho*.e/an.gwa.ga/in.na.yo
家裡附近有眼科嗎？

저는 치과를 가겠습니다.
jo*.neun/chi.gwa.reul/ga.get.sseum.ni.da
我要看牙科。

201

어디가 아프세요?
o*.di.ga/a.peu.se.yo
你哪裡不舒服？

輕鬆背單字

어디	o*.di	代	哪裡
아프다	a.peu.da	形	疼痛／不適

你也可以這樣說

증상을 좀 말씀해 주시겠어요?
jeung.sang.eul/jjom/mal.sseum.he*/ju.si.ge.sso*.yo
可以講一下你的症狀嗎？

你可以這樣回答

계속 열이 나요.
gye.sok/yo*.ri/na.yo
一直發燒。

목이 아파요.
mo.gi/a.pa.yo
喉嚨痛。

머리가 아파요.
mo*.ri.ga/a.pa.yo
頭痛。

멀미약 좀 주시겠어요?
mo*l.mi.yak jom ju.si.ge.sso*.yo
可以給我一點暈車藥嗎？

輕鬆背單字

멀미약	mo*l.mi.yak	名	暈車藥
주다	ju.da	動	給／給予

你也可以這樣說

진통제가 있습니까?
jin.tong.je.ga/it.sseum.ni.ga
有止痛藥嗎？

제게 반창고를 주세요.
je.ge/ban.chang.go.reul/jju.se.yo
給我OK繃。

감기에 좋은 약이 있어요?
gam.gi.e/jo.eun/ya.gi/i.sso*.yo
有治感冒效果很好的藥嗎？

약솜을 팝니까?
yak.sso.meul/pam.ni.ga
這裡有賣藥棉嗎？

Track 203

이 약은 어떻게 먹습니까?
i/ya.geun/o*.do*.ke/mo*k.sseum.ni.ga
這個藥怎麼吃？

輕鬆背單字

약	yak	名	藥
먹다	mo*k.da	動	吃

你也可以這樣說

하루에 몇 번 복용합니까?
ha.ru.e/myo*t/bo*n/bo.gyong.ham.ni.ga
一天吃幾次？

이 약은 식후에 먹는 거에요?
i/ya.geun/si.ku.e/mo*ng.neun/go*.e.yo
這個藥是飯後吃的嗎？

몇 알씩 복용해야 합니까?
myo*t/al.ssik/bo.gyong.he*.ya/ham.ni.ga
該服用幾粒呢？

你可以這樣回答

식후에 2알씩 드시면 됩니다.
si.ku.e/du.al.ssik/deu.si.myo*n/dwem.ni.da
飯後吃兩粒就可以了。

204

집안일을 좀 도와 줄래요?
ji.ba.ni.reul/jjom/do.wa/jul.le*.yo
幫我做家事，好嗎？

輕鬆背單字

집안일	ji.ba.nil	名	家事
도와 주다	do.wa/ju.da	動	幫忙

你也可以這樣說

여보, 설거지 좀 해 줘요.
yo*.bo//so*l.go*.ji/jom/he*/jwo.yo
老公，幫我洗碗。

식탁 좀 닦아 주세요.
sik.tak/jom/da.ga/ju.se.yo
請幫我擦餐桌。

你可以對朋友或晚輩這樣說

그릇 좀 가져다 줄래?
geu.reut/jom/ga.jo*.da/jul.le*
你幫我把盤子拿過來，好嗎？

오늘 청소는 누가 해?
o.neul/cho*ng.so.neun/nu.ga/he*
今天誰要打掃？

205

이 정장 세탁 좀 해 주세요.

i/jo*ng.jang/se.tak/jom/he*/ju.se.yo

請幫我洗這件套裝。

輕鬆背單字

정장	jo*ng.jang	名	正式服裝
세탁	se.tak	名	洗衣／洗滌

你也可以這樣說

이 블라우스들을 다림질해 주세요.
i/beul.la.u.seu.deu.reul/da.rim.jil.he*/ju.se.yo
請幫我熨燙這些（女用）襯衫。

이 치마 길이 좀 줄여 주세요.
i/chi.ma/gi.ri/jom/ju.ryo*/ju.se.yo
請件裙子的長度請幫我改短。

단추를 달아 주세요.
dan.chu.reul/da.ra/ju.se.yo
請幫我縫上鈕扣。

이것을 수선해 주세요.
i.go*.seul/ssu.so*n.he*/ju.se.yo
請幫我修改這件。

206

세탁이 다 끝났어요?
se.ta.gi/da/geun.na.sso*.yo
都洗好了嗎？

輕鬆背單字

세탁	se.tak	名	洗衣／洗滌
끝나다	geun.na.da	動	結束／完結

你也可以這樣說

언제 다 됩니까?
o*n.je/da/dwem.ni.ga
什麼時候會好？

언제 찾으러 올 수 있습니까?
o*n.je/cha.jeu.ro*/ol/su/it.sseum.ni.ga
什麼時候可以過來拿呢？

오후까지 이 옷 세탁이 가능할까요?
o.hu.ga.ji/i/ot/se.ta.gi/ga.neung.hal.ga.yo
這件衣服下午會洗好嗎？

你可以這樣回答

이 스웨터는 3일이면 다 돼요.
i/seu.we.to*.neun/sa.mi.ri.myo*n/da/dwe*.yo
這件毛衣三天就會洗好的。

화제

話題

207

어떤 남자를 좋아하십니까?

o*.do*n/nam.ja.reul/jjo.a.ha.sim.ni.ga

你喜歡什麼樣的男生？

輕鬆背單字

어떤	o*.do*n	冠	什麼樣
남자	nam.ja	名	男生

你也可以這樣說

어떤 여자를 좋아하십니까?
o*.do*n/yo*.ja.reul/jjo.a.ha.sim.ni.ga
你喜歡什麼樣的女生？

어떤 남자를 싫어해요?
o*.do*n/nam.ja.reul/ssi.ro*.he*.yo
討厭哪種男生？

你可以這樣回答

성격이 밝은 남자를 좋아합니다.
so*ng.gyo*.gi/bal.geun/nam.ja.reul/jjo.a.ham.ni.da
我喜歡性格開朗的男生。

저는 예쁜 여자를 좋아해요.
jo*.neun/ye.beun/yo*.ja.reul/jjo.a.he*.yo
我喜歡漂亮的女生。

208

남자친구가 있습니까?
nam.ja.chin.gu.ga/it.sseum.ni.ga
你有男朋友嗎？

輕鬆背單字

남자친구	nam.ja.chin.gu	名	男朋友
있다	it.da	形	有／在

你也可以這樣說

여자친구가 있습니까?
yo*.ja.chin.gu.ga/it.sseum.ni.ga
你有女朋友嗎？

사귀는 남자친구가 있어요?
sa.gwi.neun/nam.ja.chin.gu.ga/i.sso*.yo
你有在交往的男朋友嗎？

결혼 하셨어요?
gyo*l.hon/ha.syo*.sso*.yo
你結婚了嗎？

你可以這樣回答

사귄지 벌써 3년이 되었습니다.
sa.gwin.ji/bo*l.sso*/sam.nyo*.ni/dwe.o*t.sseum.ni.da
交往已經有三年了。

Track 209

제주도에 가 보셨습니까?
je.ju.do.e/ga/bo.syo*t.sseum.ni.ga
你去過濟州島嗎？

輕鬆背單字

제주도	je.ju.do	地	濟州島
가다	ga.da	動	去

你也可以這樣說

일본에 가 본 적이 있습니까?
il.bo.ne/ga/bon/jo*.gi/it.sseum.ni.ga
你有去過日本嗎？

대만에 오신 적이 있습니까?
de*.ma.ne/o.sin/jo*.gi/it.sseum.ni.ga
您來過台灣嗎？

你可以這樣回答

네, 가 봤어요.
ne//ga/bwa.sso*.yo
是的，去過了。

아니오, 아직 가 본 적이 없어요.
a.ni.o//a.jik/ga/bon/jo*.gi/o*p.sso*.yo
不，沒去過。

210

어디로 여행 가실 계획입니까?
o*.di.ro/yo*.he*ng/ga.sil/gye.hwe.gim.ni.ga
您打算去哪旅行？

輕鬆背單字

여행	yo*.he*ng	名	旅行
계획	gye.hwek	名	計畫

你也可以這樣說

여행을 떠난다면 어디로 가고 싶어요?
yo*.he*ng.eul/do*.nan.da.myo*n/o*.di.ro/ga.go/si.po*.yo
去旅行的話，你想去哪裡？

你可以這樣回答

아직 결정하지 않았는데 한국 여행을 갈 생각입니다.
a.jik/gyo*l.jo*ng.ha.ji/a.nan.neun.de/han.guk/yo*.he*ng.eul/gal/sse*ng.ga.gim.ni.da
還沒有決定，但有打算去韓國旅行。

캐나다 여행을 가고 싶습니다.
ke*.na.da/yo*.he*ng.eul/ga.go/sip.sseum.ni.da
我想去加拿大旅行。

211

요즘 몸 상태는 어때요?
yo.jeum/mom/sang.te*.neun/o*.de*.yo
最近身體狀態如何？

輕鬆背單字

몸	mom	名	身體
상태	sang.te*	名	狀態

你可以對朋友或晚輩這樣說

몸은 좀 어때?
mo.meun/jom/o*.de*
身體怎麼樣？

좀 나아졌어?
jom/na.a.jo*.sso*
有好一點嗎？

你可以這樣回答

전보다 많이 나아졌어요.
jo*n.bo.da/ma.ni/na.a.jo*.sso*.yo
比以前好很多了。

상당히 좋아졌어요.
sang.dang.hi/jo.a.jo*.sso*.yo
好很多了。

212

저는 먹는 걸 안 가려요.
jo*.neun/mo*ng.neun/go*l/an/ga.ryo*.yo
我吃東西不挑。

輕鬆背單字

먹다	mo*k.da	動	吃
가리다	ga.ri.da	動	區分／挑食

你也可以這樣說

저는 뭐든 거의 다 잘 먹어요.
jo*.neun/mwo.deun/go*.ui/da/jal/mo*.go*.yo
我幾乎什麼都吃。

저는 매운 것을 못 먹습니다.
jo*.neun/me*.un/go*.seul/mot/mo*k.sseum.ni.da
我不能吃辣的食物。

이건 제 입맛에 안 맞아요.
i.go*n/je/im.ma.se/an/ma.ja.yo
這不合我的口味。

고기보다 생선을 더 좋아합니다.
go.gi.bo.da/se*ng.so*.neul/do*/jo.a.ham.ni.da
比起肉，我更愛吃魚。

213

어떻게 생각합니까?
o*.do*.ke se*ng.ga.kam.ni.ga
你覺得如何？

輕鬆背單字

생각하다	se*ng.ga.ka.da	動	想／認為

你也可以這樣說

당신이 생각하기엔 어때요?
dang.si.ni/se*ng.ga.ka.gi.en/o*.de*.yo
你覺得怎麼樣？

좋은지 아닌지 말해봐요.
jo.eun.ji/a.nin.ji/mal.he*.bwa.yo
你說好不好。

이렇게 하면 어떨까요?
i.ro*.ke/ha.myo*n/o*.do*l.ga.yo
這樣做如何？

你可以這樣回答

전 그 방법이 좋다고 생각해요.
jo*n/geu/bang.bo*.bi/jo.ta.go/se*ng.ga.ke*.yo
我認為那個方法不錯。

214

정말 대단하군요.

jo*ng.mal/de*.dan.ha.gu.nyo

真了不起！

輕鬆背單字

정말	jo*ng.mal	副	真的
대단하다	de*.dan.ha.da	形	了不起

你也可以這樣說

참 젊어 보이시네요.
cham/jo*l.mo*/bo.i.si.ne.yo
您看來真年輕。

참 훌륭해요.
cham/hul.lyung.he*.yo
真優秀。

잘 했어요.
jal/he*.sso*.yo
做得好。

你可以這樣回答

칭찬해 주시니 고맙습니다.
ching.chan.he*/ju.si.ni/go.map.sseum.ni.da
謝謝你的誇獎。

215

힘 내세요.
him/ne*.se.yo
加油！

輕鬆背單字

힘	him	名	力量
내다	ne*.da	動	拿出

你也可以這樣說

포기하지 마세요.
po.gi.ha.ji/ma.se.yo
不要放棄。

용기를 내세요.
yong.gi.reul/ne*.se.yo
拿出勇氣吧！

응원할게요.
eung.won.hal.ge.yo
我會為你加油的。

낙심하지 마세요.
nak.ssim.ha.ji/ma.se.yo
不要灰心。

216

안 됩니다.
an/dwem.ni.da
不行。

輕鬆背單字

안	an	副	不
되다	dwe.da	動	可以／行

你也可以這樣說

싫어요.
si.ro*.yo
不要。

거절합니다.
go*.jo*l.ham.ni.da
我拒絕。

유감스럽지만 지금은 안 됩니다.
yu.gam.seu.ro*p.jji.man/ji.geu.meun/an/dwem.ni.da
很遺憾，但現在不行。

你可以對朋友或晚輩這樣說

절대 안 돼.
jo*l.de*/an/dwe*
絕對不行。

國家圖書館出版品預行編目資料

初學者必學的韓語會話 / 雅典韓研所企編. -- 初版.
-- 新北市 : 雅典文化, 民101.12
面 ; 公分. -- (全民學韓語 ; 10)
ISBN 978-986-6282-71-3(平裝附光碟片)
1.韓語 2.會話
803.288 101022477

全民學韓語系列 10

初學者必學的韓語會話

編 著／雅典韓研所
責 編／呂欣穎
美術編輯／林于婷
封面設計／劉逸芹

法律顧問：方圓法律事務所／涂成樞律師

總經銷：永續圖書有限公司
永續圖書線上購物網
www.foreverbooks.com.tw

CVS代理／美璟文化有限公司
TEL：(02) 2723-9968
FAX：(02) 2723-9668

出版日／2012年12月

雅典文化

出版社
22103 新北市汐止區大同路三段194號9樓之1
TEL (02) 8647-3663
FAX (02) 8647-3660

全民學韓語
10

初學者必學的韓語會話

雅致風靡　典藏文化

親愛的顧客您好，感謝您購買這本書。即日起，填寫讀者回函卡寄回至本公司，我們每月將抽出一百名回函讀者，寄出精美禮物並享有生日當月購書優惠！想知道更多更即時的消息，歡迎加入"永續圖書粉絲團"
您也可以選擇傳真、掃描或用本公司準備的免郵回函寄回，謝謝。

傳真電話：（02）8647-3660　　電子信箱：yungjiuh@ms45.hinet.net

姓名：　　性別：　□男　□女

出生日期：　年　月　日　電話：

學歷：　　職業：　□男　□女

E-mail：

地址：□□□

從何處購買此書：　　購買金額：　元

購買本書動機：□封面 □書名 □排版 □內容 □作者 □偶然衝動

你對本書的意見：
內容：□滿意□尚可□待改進　編輯：□滿意□尚可□待改進
封面：□滿意□尚可□待改進　定價：□滿意□尚可□待改進

其他建議：

剪下後傳真、掃描或寄回至「22103新北市汐止區大同路3段194號9樓之1雅典文化收」

您可以使用以下方式將回函寄回。

您的回覆，是我們進步的最大動力，謝謝。

① 使用本公司準備的免郵回函寄回。

② 傳真電話：（02）8647-3660

③ 掃描圖檔寄到電子信箱：

yungjiuh@ms45.hinet.net

沿此線對折後寄回，謝謝。

廣告回信
基隆郵局登記證
基隆廣字第056號

2 2 1-0 3

雅典文化事業有限公司　收

新北市汐止區大同路三段194號9樓之1

雅致風靡　典藏文化